개를 안다고 생각했는데

홍수지 지음

개를
안다고
생각했는데

15년 차 수의사와
2년 차 보호자 사이에서

산디

저는 2년 차 보호자입니다

안녕하세요.

15년 차 수의사이자 2년 차 보호자 홍수지입니다. 우선 이 책을 손에 들고 펼쳐주셔서 감사합니다.

책이 시작되기 전에 미리 알려드려야 할 부분이 있습니다. 이 책은 수의사가 '개는 이렇게 키워야 한다'고 얘기하는 책이 아닙니다. 훌륭한 교육 서적을 기대하셨다면 안타깝게도 이 책은 그런 책이 아니라는 말씀을 드립니다. 이 책은 오히려 참회록에 가깝기 때문입니다.

꽤 오랜 기간 임상수의사로 살아왔고 일말의 의심도 없이 개에 대해서 잘 안다고 생각했습니다. 그간의 경험을 통해 보호자에게 '이런 부분을 신경 써서 교육하시고 주의하셔야 한다'고 설명도 곧잘 드렸습니다. 그래서 저는 제가 개를 쉽게! 잘! 키울 수 있을 것이라 생각했습니다. '개 키우는 게 뭐 그리 어렵다고'라고 생각했습니다. '명견으로 키워보리라' 하며 야심 찬 목표를 세우기도 했습니다. 어찌 보면 제 생각을 깨트려주기 위해 애들이 저한테 온 건 아닐까 하는 생각도 듭니다. 네, 와장창 깨졌습니다. 이 책은 그 과정의 기록입니다.

개를 키우는 일은 생각보다 훨씬 어렵습니다. 이 책을 읽고 '수의사도 개를 키우는 일을 이렇게 어려워하는구나' '나는 키우지 말아야겠다'고 하셔도 좋고, 이런 어려움에도 불구하고 개가 매력적인 존재라는 생각이 드신다면 키우셔도 좋습니다. 이미 키우고 계신다면 함께 웃으며 '수의사도 별수 없구나' 하고 공감해주셔도 좋습니다. 부디 개를 키우는 일이 순간의 기분에 좌우되는 일이 아닌 심사숙고하여 결정하는 무거운 일이 되었으면 하는 바람입니다. 부끄러운 기록이지만 누군가에게 도움이 되는 이야기일지도 모른다는 생각에 부족하지만 글로 썼습니다.

개를 키우는 모든 분들께 진심으로 박수를 보냅니다. 그리고 우리와 함께 살면서 다양한 방법으로 우리를 조금 더 나은 인간으로 만들어주는 개들에게도 고마움을 전합니다.

2019년 9월 진료실에서

비비, 파이 보호자 홍수지 드림

※ 이 책은 저 개인의 경험과 생각을 토대로 썼습니다. 전체 수의사를 대표하는 내용이 아님을 알려드립니다.

목차

들어가는 말 ✱ 5

1장 잘 키우고 있는 걸까?
:: 돌봄 노동의 시작

고양이가 아니라 개였다 ✱ 15

수의사가 꾸는 개꿈 ✱ 23

이건 반드시 해야 해 - 배뇨, 배변 가리기 ✱ 32

나는 어른일까 아닐까 ✱ 44

똥 먹는 개 ✱ 50

내 귀에 삑삑이 ✱ 59

먹었구나 ✱ 70

산책, 솔직히 귀찮지만 ✱ 78

옛날의 개, 오늘의 개 ✱ 88

2장 수의사의 개는 행복할까?
:: 15년 차 수의사와 개

수의사의 개는 행복할까? * 97

저 회사 다녀요 * 108

보호자 소개 - 고민 많은 15년 차 내과 수의사 * 116

파이 소개 - 시끄러운 작은 개 * 120

비비 소개 - 통통한 겁쟁이 * 123

첫 환자 * 126

짖는 개 * 135

개를 직장에 데려간다면 * 147

냄새로 알아가는 세상 * 158

처음부터 무는 개는 아니었는데 * 165

나는 안락사를 결정할 수 있을까? * 174

죄책감과 작별하기 * 182

3장 내가 선택한 가족

:: 개와 함께 사는 일

고양이 책이 아니라 왜 개 책일까 * 193

개들 사이의 우정 * 200

내가 선택한 가족 * 208

3인 가족의 개 vs 1인 가구의 개 * 217

개의 수명 * 227

다시 키울 수 있을까? * 235

개 없는 주말 * 241

첫사랑 개 * 249

주말의 가족 여행 * 258

보호자와 수의사 사이에서 * 265

1장
잘 키우고 있는 걸까?
돌봄 노동의 시작

고양이가 아니라 개였다

나는 꽤 오랜 시간 텅 빈 집에 익숙한 사람이었다. 삶의 절반쯤을 혼자 살아왔는데, 그 삶이 바뀐 지 2년쯤 지났다. 평소와 다름없이 퇴근하고 돌아오는 나를 몇 년 만에 보는 것처럼 반겨주는 친구들이 이제는 내 곁에 있다. 어쩜 저렇게 매번 반가워할까 싶어서 신기하다. 친구들의 이름은 비비와 파이다.

반갑다는 반응도 다양하다. 어떤 날 비비는 나를 보고 상모를 돌리듯 제자리를 빙빙 돈다. 몹시 신나 보인다. 도는 날과 안 도는 날에 무슨 차이가 있는지는 알 수 없다. 파이는 흥분 상태일 때 만지면 오줌을 흘리는 경우가 있어서 한동안 모른 척을 한다.

나는 신이 난 애들을 뒤로하고 편한 옷으로 갈아입는다. 애들의 흥분이 가라앉길 기다리는 것이다. 내가 너무 호응을 안 해줘서일까? 애들이 내 눈치를 보는 것 같아서 거실에 있는 큰 쿠션에 몸을 반쯤 걸치고 눕기로 한다. 지름이 80cm 정도 되는 원형 쿠션인데, 모양은 도넛을 닮았고 테두리는 살짝 높다. 거기서 두 녀석이 같이 잠도 자고, 레슬링도 한다. 내가 거기 누울 때면 애들이 잽싸게 쫓아와 주위에 자리를 잡는다.

　비비는 모로 누운 내 옆구리 위에 장난감을 물고 올라와 잘근잘근 깨문다. 파란색 뼈다귀 모양 장난감인데, 깨물 때마다 삑삑 소리가 나서 귀가 따갑다. 비비가 요란하게 장난감을 가지고 노는 동안 파이는 머리를 괴려고 뻗은 내 팔을 연신 정성스레 핥는다. 애들하고 놀아주기 피곤하지만 바로 침대에 눕기는 미안할 때 지금처럼 내 몸을 애들에게 내어준다. 그렇게 내 몸을 미끄럼틀 삼아 오르락내리락 노는 녀석들을 보다가 문득 그런 생각이 들었다.

　어떻게 녀석들이 내게로 왔을까.

🐾 🐾 🐾

　나는 개보다는 고양이에 가까운 인간이라고 믿어왔다.
호기심이 많지만 겁도 많아서 매사 조심스럽고, 좋은 것에
대한 표현도 소극적인 편이다. 의도한 건 아니지만 병원 인
테리어 소품 가운데 강아지가 나온 액자는 단 하나뿐인 반
면 고양이는 그림과 모형 말고도 살아 있는 고양이에 이르
기까지 다양하다. 그 탓인지 이 병원은 고양이 진료만 보는
것이냐고 조심스레 묻는 보호자도 있었다. 어떤 보호자는
선생님은 고양이를 더 좋아하는 게 눈에 보인다고 볼멘소
리를 하기도 했다. 비비와 파이를 만나기 전까지는 고양이
만 키웠으니 고양이를 더 친근하게 느끼는 부분이 있었을
것이다.

　지금도 여전히 성향상 고양이가 더 잘 맞는 것 같다고 생
각한다. 성향이 비슷하기도 하고, 서로의 시간을 존중한다
는 것이 가장 큰 이유랄까. 쉽게 말하자면 개는 좀 귀찮은
존재다.

　물론 개도 좋아한다. 어떤 관점에서 보면 고양이보다 개
가 더 철학적인 동물이다. 매일 즐거운 일상을 사는 존재.
현재를 즐기는 존재. '무기력이 뭔지 알까?' 하고 생각해보

게 만드는 존재.

언젠가 개를 키워보리라 생각을 해보긴 했다. 정말 '언젠
가'였다. 근데 지금 내 옆에 작은 개 두 마리가 자고 있다.
어쩌다 이렇게 된 걸까? 거기다 흰색 푸들이라니! 분명 뭔
가에 홀린 것이다. 그러지 않고서야 이런 결정을 내릴 수는
없었을 것이다.

애들을 처음 만난 날이 떠오른다.

'그래, 키우자. 내가 지켜줘야 해. 이건 숙명이야.'

나답지 않은 생각이었다.

🐾　🐾　🐾

누군가에게 푸들은 작고 아름답고 사랑스러운 강아지다.
반면 나는 푸들의 곱슬거리는 털을 보면 마음에 들지 않는
내 머리칼을 생각한다. 나는 반곱슬 특유의 부스스함이 싫
어서 정기적으로 미용실에 들러 머리를 차분하게 만든다.
게다가 나는 하얀색과도 가깝지 않다. 뭔가 묻는 게 싫어
서 흰색 옷은 거의 입지 않고, 하얀색 운동화조차 사본 적
이 없다. 그런 내게 하얀색 털을 가진 개라니. 설상가상으
로 두 마리다. 정리하자면 이렇다. 지금의 내 상황 = (유난

히 부담스러운 곱슬 + 더욱 부담스러운 흰 털) × 2.

내 옆에 누운 부담스러운 두 하얀 푸들, 비비와 파이는 원래 한 다리 건너 아는 사람이 키웠는데, 부득이한 사정이 생겨 입양처를 찾고 있다고 했다. 두 마리를 같이 데려간다는 사람이 없어서 따로 보내질 것 같다고 했다. 그런 사정을 듣기 몇 주 전에 두 마리가 같이 노는 걸 본 적이 있는데, 정말 정말 열심히 노는 걸 보고 감탄을 했다. 혀가 빠질 듯 헥헥거리면서도 계속 놀고 싶어하는 눈빛에서 강렬한 인상을 받았다. 한 마리가 뼈다귀 장난감을 물고 있으면 그걸 빼앗으려고 쫓아다니고, 엎치락뒤치락 레슬링도 하고, 그러다 서로를 핥아주기도 하고, 한 마리가 좀 거칠게 나오면 서로 싸우기도 했다. 좀 부끄럽지만(앞으로 부끄러울 일이 너무 많다, 기대하시라!) 수의사로 15년 일했는데도 개들이 저렇게 논다는 걸 그때 처음 알았다. 굳이 변명을 해보자면, 나는 아픈 애들만 봐왔다. 직접 키우지 않으니 건강한 애들을 볼 기회가 없었다. 어쩐지 옹색하지만 사실이다.

둘이 신나게 노는 걸 보면서 개들이 무리 생활을 하는 동물이었다는 것이 떠올랐다. 하지만 오늘날의 개는 많은 수가 혼자서 인간과 살고 있다. 순간 개의 외로움이 느껴졌다. 자기가 사람인 줄 안다는 어떤 개의 이야기는 웃고 넘길 말이 아닌 것 같다. 타고난 정체성, 그리고 변화된 환경에 관한 슬픈 이야기로 봐야 할지도 모른다.

❀ ❀ ❀

개와 함께 살기로 결정한 사람들은 보통 한 마리씩 분양을 받기 때문에 한 가정에서 비슷한 연령의 강아지가 같이 자라는 경우가 드물다. 집에서 출산한 경우라고 해도 한 마리 정도만 어미와 살게 되고 나머지는 세 달 안에 다른 곳으로 분양되는 것이 일반적이다. 두 마리의 개를 키운다면, 한 마리가 어느 정도 크고 난 뒤 혼자가 외로워 보여서 둘째를 들인 경우가 대부분이다. 보호자의 기대와는 달리 첫째가 둘째를 받아들이지 않고 소 닭 쳐다보듯 하는 경우도 많은데 이건 그나마 다행이다. 첫째의 스트레스로 인해 둘째를 다른 곳으로 보낼 수밖에 없는 경우도 있다.

그래서 비비와 파이의 모습이 더 좋아 보였다. 사정을 들어보니 둘은 운이 좋았다. 2주 차이로 입양이 됐고, 피는 안 섞였지만 아주 어린 시절부터 남매와 다름없이 자랐다.

둘이 헤어져야 한다는 얘기에 그저 두 녀석을 같이 살게 해주고 싶었다. 그땐 그 애들이 푸들이고, 두 마리고, 내가 고양이형 인간이고, 집 비우기를 좋아하며, 나를 돌보는 것도 힘든 미성숙한 싱글이란 걸 전혀 고려하지 않았다. 다만, 같이 살게 해주고 싶었다. 이게 홀린 게 아니면 뭐란 말인가. 아니면, 그저 생각이 짧은 거였나.

그래서 같이 살게 되었다.

수의사가 꾸는 개꿈

주변 사람들에게 푸들 두 마리를 키우게 됐다고 말했을 때 돌아왔던 익숙한 반응은 "너랑 안 어울려"였다.

이해를 돕기 위해 한 가지 예를 들자면 운전면허를 딴 지 몇 년 안 됐는데, 그 전까지 면허가 없다고 말하면 사람들이 그랬다.

"아니, 트럭도 몰 것 같은데 왜 면허가 없어?"

요즘 같으면 인터넷 게시판에 글을 올려 한바탕 분풀이를 해야 할 만한 외모 비하 발언일지도 모르나 그때는 겸허히 수용했다. 마음속으로 인정하는 부분이 있었다. 그때와 마찬가지로 내가 소형견과는 어울리지 않는 사람이라고 은연중에 생각하고 있었다.

궁금해졌다. '이러저러한 이유로 푸들이 싫다면 애초에 원하는 개가 있었나?'

이어서 또 다른 질문이 따라왔다. '그런데 나는 왜 개를 안 키웠지?'

긴 시간 동물병원에서 일하면서 온갖 종류의 개들을 만났다. 개를 키우고 싶다는 생각을 왜 안 했겠는가. 견물생심이라고, 아름다운 개, 고양이를 보면 욕심이 나는 수의사도 마찬가지다. 동물병원에서 일할수록 부가 쌓이는 게 아니라 키우는 개, 고양이가 수가 늘어난다며 푸념하는 동료도 있다. 어찌 보면 그간 나의 식구가 늘어나지 않은 것이 신기한 일일지도 모른다.

이제는 부질없는 일이지만, 내가 어떤 개를 원했는지 한번 돌아보기로 했다. '어떤 종이 좋아요' 하는 취향의 나열이 아니라, 이런 종은 이런 부분이 부담스럽고 저런 종은 저런 게 힘드니까 탈락시키는 방식으로 접근해보려고 한다. 반려동물을 고른다는 것은 연애 상대를 진지하게 고르는 것과 다르지 않다. 어릴 때의 연애는 뭘 잘 몰라서 상대의 좋은 점에만 집중한다면, 알 것 모를 것 다 아는 나이가 되면 동반자를 고를 때 '최소한 이건 안 돼'에서 시작하지 않던가. 같은 이치다.

일단 소형견은 패스다. 개가 있다면 같이 여유롭게 산책도 하고 산에도 같이 오르고 싶은데 소형견은 어딘지 연약한 이미지가 있다. 게다가 동물병원에서 일하면서 수없이 많은 개를 접한 바로는 소형견은 대체로 중형견이나 대형견보다는 예민한 편인데, 나는 그런 부분을 세심하게 돌봐줄 만큼 자상하지 못하다. 항상 안아줘야 할 것 같은 애들보다는 친구이자 듬직한 동생 같은 느낌을 주는 개가 더 좋았다.

그럼 대형견? 황금빛 털을 휘날리는 점잖은 리트리버나 총명함을 발산하는 보더콜리와 함께 해변을 걷는 상상도 해봤다. 하지만 나는 안다. 대형견 보호자가 얼마나 고생하는지 말이다. 집에 얼마나 많은 털이 날리고 있는지, 똥은 얼마나 큰지, 목욕이라도 한번 하려면 어떤 전쟁을 벌여야 하는지, 씻긴 뒤에 말리려면 몇 시간 드라이를 해야 하는지 말이다. 마당이 있으면 키울 수 있지 않을까 생각하기도 했다. 그럼 털도 안 날리고, 똥도 삽으로 퍼서 치우면 되고, 목욕도 뭐, 여름에 가끔 한 번씩 하면 되고. 그러다 보더콜리가 몇 시간 동안 지치지 않고 노는 동영상을 본 뒤로 대형견에 대한 마음을 깨끗하게 접었다. 보더콜리에게는 양을 치는 것이 어울리는 일이다. 나는 양이 아니니까 같이 살 수 없다는 이상한 결론이 나왔지만, 현명한 판단이 분명하다. 대형견은 마당의 유무나 그 넓이보다는 종에 대한 깊은 이해, 마음의 준비, 그리고 그에 걸맞은 체력이 필수다.

소형견과 대형견을 빼고 나면 7~15kg 사이의 애들이 남는다(물론 8kg이 넘는 말티즈도 있고 15kg짜리 진돗개도 있지만 번외로 치자). 이 미들급 견종 대부분은 몸이 단단한 편이고, 지구력이 있어서 긴 산책도 가뿐하게 할 수 있고, 어떤 활동이든 함께 하기에 든든한 느낌을 준다. 이 범주에 해당하는 애들이 비글, 코커스패니얼, 슈나우저, 비숑프리제, 테리어, 시바 이누, 닥스훈트, 그리고 각종 잡종견 정도가 될 것 같다.

스패니얼 계통은 뭔가 우아한 느낌이 있는데, 긴 귀에 곱슬기 있는 털 때문인 것 같다. 특히 코커스패니얼은 한때 엄청난 인기를 누렸지만, 얼마 지나지 않아 넘치는 활발함과 재발하는 귓병과 피부병 때문에 버려지는 개의 상당 수를 차지하는 불운을 겪었다. 슈나우저는 사이즈도 적당하고 성격도 발랄한 데다 미용을 하면 할아버지처럼 변하는 생김새도 귀엽지만, 문제는 목소리다. 얌전하고 순한 슈나우저도 물론 있지만 고음에 목청까지 제대로 트인 경우라면 대략 난감이다. 비글을 키우는 분들에게는 늘 존경을 표한다.

이렇게 아닌 걸 찾자니 한도 끝도 없다. 비비와 파이를 엉겁결에 데려오지 않았다면 평생 개는 안 키웠을지도 모른다. 싫은 부분을 먼저 생각하다 보면 뭐든 못 하게 될 가능성이 높다. 결혼도 멋모를 때 해야 한다고 하지 않던가. 개와 함께 사는 것도 결혼도 쉽지 않은 결정인데, 다행히 둘 중 하나는 했다. 개와 같이 사는 건 생각만으로는 이뤄지지 않는다. 스파크가 튀는 순간이 필요한 것이다.

🐾 🐾 🐾

덧붙여 진짜 꿈 얘기를 하자면.

아침에 눈을 뜨면 살루키같이 미끈하고 느끼하게 생긴 개가 침대 밑에 얌전히 앉아 있다.

스스로 털을 빗는 건지 씻는 건지 언제나 윤기가 자르르하다. 타고난 '롱다리'에 체형도 멋지다.

적정량을 먹고 나면 고기를 줘도 안 먹는다. 물 마시는 모습도 우아하다. 뭐든 먹고 나면 긴 혀로 야무지게 입 매무새를 가다듬는다.

산책은 늘 여유롭다. 단 한 번도 목줄이 팽팽하게 당겨지지 않는다. 항상 느긋한 스텝으로 내 뒤를 따라온다. 어떤 개를 봐도 흥분하지 않는다. 지나가던 개가 맹렬히 짖어도 그러려니 하고 지나친다.

병원에 와서도 의젓하다. 가만히 엎드려 있다가도 혹 진료를 보는 다른 강아지가 괜한 투정을 부리면 알아서 기선 제압도 해준다. 보호자 모두가 어쩜 이런 개가 있느냐고 감탄을 금치 못한다.

여기까지 쓰고 나니 내가 키우고 싶은 개를 쓴 건지, 내가 되고 싶은 개를 묘사한 건지 모르겠다. 결국 남들에게 멋있어 보이고 수의사로서의 자부심을 느끼게 해주는 개를 키우고 싶다는 말인데, 별로 바람직해 보이지 않는다. 개를 통해 타인의 주목을 끌고 싶은 마음은 열등감을 심화시킬지도 모르기 때문이다.

어떤 개를 선호하느냐를 떠나서, 개를 키우는 것은 수의사에게 여러모로 도움이 된다.

개를 키우는 일이 좋은 수의사가 되는 것과 직접적인 연관은 없을 수도 있다. 출산 경험의 유무가 뛰어난 산부인과 의사가 되는 것에 영향을 주지 않는 것처럼 말이다. 그럼에도 수의사가 직접 개를 키우면 더 많은 것을 얻게 된다. 개와 함께 사는 덕분에 개에 대한 이해가 깊어지고, 보호자에게 더 공감하게 되는 것은 너무 당연하고 바람직한 결과다.

그것 말고도 개인적으로 개를 키워보고 싶었던 이유가 있다. 보호자와 개 사이의 유대감을 느껴보고 싶다는 것이었다. 진료실에 보호자와 개가 같이 들어오면 느껴지는 그들마다의 분위기가 있다. 심지어 닮았다. 눈, 코, 입 어디가 닮았다고 꼭 집어 말하기는 어렵지만 놀라울 정도로 닮았다. 개가 보호자를 닮은 건지 보호자가 개를 닮은 건지 알 수 없지만, 분양한 첫날부터 둘이 닮지는 않았을 테니까 후천적인 영향인 것 같다. 가족 구성원 모두가 나누게 되는 특유의 공통적인 분위기가 있듯이 개도 그런 분위기를 차차 나눠 가져서 그런 걸까.

내가 원하던 개는 아니지만(따져보니 없었다), 나는 흰 푸들 두 마리와 살고 있다. 나는 그들과 어떻게 닮아가고 어떤 분위기를 나누게 될지 궁금하다. 점잖고 인자하길 바라지만, 과연….

이건 반드시 해야 해 – 배뇨, 배변 가리기

강아지는 8주령 이후부터 2주 간격으로 6차 접종을 기본으로 하는데, 이때 병원에 찾아오는 보호자에게 잊지 않고 물어보는 게 있다.

"배뇨, 배변 교육은 하고 계시죠?"

세 달밖에 안 됐는데 거의 가린다고 하는 보호자도 있고, 벌써 교육을 해야 하는 거냐고 되묻는 사람도 있다. 그럴 때마다 배뇨, 배변 교육은 개와 사람이 같이 살기 위해 반드시 해야 하는 일임을 강조해서 말한다. 보호자가 어떤 환경에서 어떻게 교육을 하고 있는지 들어보고 수정해야 할 부분을 짚어주기도 한다.

성장이 끝나가는데도 못 가린다고 말한 어느 보호자에

게 몇 가지 방법을 알려준 적도 있다. 다음 진료 때 찾아와서는 가르쳐준 대로 했더니 이제 잘 가린다면서 고맙다고 했는데, 웃으며 "아 다행입니다"라고 말은 했지만 솔직히 내가 뭐라고 했는지 정확히 기억이 안 났다. 오히려 궁금하기도 했다. 그렇다고 "제가 그때 뭐라고 했죠?"라고 말할 수는 없지 않은가.

눈치챘겠지만, 나는 파이와 비비를 만나기 전까지 배뇨, 배변 교육을 직접 해본 적이 없었다. 그동안 책에서 본 내용과 경험상 알게 된 것들을 버무려서 상담을 해준 것인데, 다행히 보호자들이 내 얘기를 찰떡같이 잘 알아듣고 성실하게 이행한 덕에 좋은 결과가 나온 것이다. 막상 파이와 비비를 교육하려니 긴장이 됐다. 훈련이 안 된 개와 보호자의 생활이 어떤지 너무 잘 알고 있었고, '그래도 수의사의 개인데'라는 강박도 따라왔다. 그렇게 고난의 행군이 시작되었다.

안타까운 사례지만, 대소변 훈련 시 왜 화를 내면 안 되는지를 보여주는 적절한 예시가 있어 적어본다.

대소변을 전혀 못 가리는 개를 키우는 보호자를 만난 적이 있다. 정황을 들어봤더니 대소변 교육을 할 때마다 잘 못하면 많이 혼냈다고 한다. 그래서 보호자가 보는 앞에서는 개가 절대 대소변을 보지 않는다고 했다. 보호자가 볼 수 없으니 교육이 가능할 리 없다. 계속 지켜보면서 조금씩 교정을 해야 하는데 시간적 여유가 없어서 어쩔 수 없이 개 혼자 집에 있을 때는 케이지 안에 둔다고 했다. 케이지는 좁은 곳이라 변을 보면 밟게 되고 몸에도 묻는다. 그럼 또 씻겨야 하기 때문에 보호자의 일도 배가된다. 이런 사연을 전한 보호자는 키우는 개의 피부 문제로 병원에 왔다. 악순환인 것이다.

🐾　🐾　🐾

비비와 파이의 배변 교육을 본격적으로 해보기로 마음먹은 뒤에 일단 거실에 울타리를 쳤다. 두 마리니까 좀 넓게 쳤다. 울타리 안의 절반쯤에 패드를 깔았다. 며칠 두고 보니 거의 100% 가리는 것 같았다. 그때는 '천재인가?' 했지만, 나중에 보니 이건 개를 키우는 사람이라면 다 한 번쯤은 하게 되는 착각이었다. 보통 좁은 공간 안에서는 잘 가린다. 개는 깔끔해서 잠자리에서 볼일 보는 것을 좋아하지 않는다.

집에 애들과 함께 있을 때면 주시하고 있다가 패드에 잘 누면 바로 간식을 줬다. 애들은 금세 자랐고, 계속 울타리에 가둬놓았더니 답답해하는 것 같아서 울타리 밖에 풀어놓았다. 덕분에 두 아이가 활보할 수 있는 공간이 넓어지긴 했지만, 거실까지만 허용하기로 했다. 방으로 가는 입구에는 울타리를 쳐서 모든 곳을 돌아다니지는 못했다. 애들의 발길이 닿는 곳에 큰 패드를 넉넉하게 깔았다. 이제 본 게임이 시작된 것이다. 공간을 넓게 쓰기 시작하면서 좀 걱정했지만, 다행히 패드를 찾아서 볼일을 보길래 또 한 번 놀랐다. 푸들이 똑똑하다더니 역시나인가 싶어서 감탄했다. 잘했을 때 간식 주는 것을 잊지 않았다.

배뇨, 배변에 관해서 마음을 놓아갈 즈음이었다. 어느 날 퇴근하고 집에 가니 패드가 갈가리 찢어져서 거실이 엉망이 되어 있었다. 내 표정을 읽었는지 비비는 위축된 걸음걸이로 쿠션에 가서 앉았다. 누가 봐도 비비가 범인이었다. 직접 목격한 게 아니라서 화를 내지는 못하고, 굳은 얼굴로 패드의 잔해를 치웠다. 그 다음 날 출근 전에 스카치테이프로 패드를 바닥에 고정했다. '이제 뜯지는 못하겠지' 하고 자신하면서도 '그런데 별걸 다 해야 하는구나' 싶었다. 효과

....

막상 파이와 비비를 교육하려니 긴장이 됐다. 훈련이 안
된 개와 보호자의 생활이 어떤지 너무 잘 알고 있었고,
'그래도 수의사의 개인데'라는 강박도 따라왔다. 그렇게
고난의 행군이 시작되었다.

가 있었다. 더는 패드를 물어뜯지 않았다.

그런 채로 며칠이 흐르자 이제 괜찮은가 싶어 마음이 느
슨해졌고,· 어느 날 테이프를 바닥에 붙이는 걸 잊은 채 외
출을 했다. 그러지 말아야 했다. 결국 처음으로 돌아왔다.
다시 패드를 갈가리 찢어놓은 것이다. 그게 끝이 아니었다.
멀쩡한 패드가 없으니 여기저기 대소변을 눈 것이다. 망연
자실했지만 정신을 가다듬었고, 새로운 방법이 필요하다고
생각해 그길로 당장 배변판을 사러 달려갔다.

배변판을 산 건 패드를 못 찢게 만들기 위해서였지만, 다
른 이유도 있었다. 두 마리 다 어찌나 깔끔한지 소변을 한
번 본 곳이면 절대로 밟으려 하지 않고, 패드에 깊숙이 들
어가기도 싫은지 패드 가장자리에다 소변을 봤다. 거기다
비비는 앞으로 걸어가면서 볼일을 봤다. 시작은 패드 안에
서 하지만, 결국은 패드 바깥으로 가서 마무리를 했다. 비
비의 동선을 따라서 유쾌하지 않은 '대변의 길'이 생겼다.
가장 큰 덩이는 패드 안에 있고, 조금 작은 덩이가 그 옆에
데크레셴도처럼 이어지다가, 마지막 덩이는 라인 밖으로 나
간다. 아웃이다.

깊은 고민에 빠졌다. 야단을 칠 수도 없고, 그렇다고 그

냥 둘 수도 없었다. 배변판이 두 가지 문제를 모두 해결해 줄 답으로 보였다. 배변판은 종이처럼 사방이 평평한 패드와 다르게 테두리가 살짝 올라와 있으니 안에 들어가서 오줌을 눌 경우 밖으로 새는 일도 없을 것이고, 덤으로 비비가 배변판의 문턱을 넘지 않는다면 대소변을 볼 때 나오는 직진 성향도 고칠 수 있을 것이라고 생각한 것이다. 그런 생각으로 배변판을 사서 양 겨드랑이에 끼고 의기양양하게 집으로 갔다.

'내가 말이야, 어? 일반 보호자가 아니야. 문제가 생기면 바로바로 해결할 수 있어.'

🐾 🐾 🐾

살 땐 몰랐는데 집에 가져와서 보니 배변판의 사이즈가 엄청 컸다. 거실에 배변판 두 개를 놓고 나니 집이 좁아 보여서 기분이 살짝 안 좋았지만, 그래도 스트레스를 줄이기 위해서 꼭 필요했던 소비라고 스스로를 위로했다. 파이는 다행히 배변판 가장자리의 턱을 가볍게 넘어 배변판 위 패드에 소변을 잘 봤다. 여전히 가장자리에 볼일을 보긴 했지만, 그래도 배변판 가장자리에 있는 턱 덕분에 밖으로 오줌이 새어 나오지 않았다. 파이는 큰 볼일도 한자리에서 얌전히 본다. 가끔 내가 쳐다보면 급하게 뛰어오느라 작은 덩이를 바닥에 떨어뜨리기도 했지만, 모른 척하고 있으면 대부분 잘했다.

하지만 배변판도 만능은 아니었다. 문제는 비비였다. 두둥! 배변판에 아예 안 올라가는 게 아닌가! 이건 생각도 못했다. 세상사 생각대로 되는 게 없지. 아무렴. 그래서 배변판 하나는 그대로 두고, 다른 배변판을 치우고 그 자리에 다시 패드를 붙였다. 테이프의 끈끈이가 바닥에 붙어서 지저분해지면 그걸 제거하기 위해 주기적으로 매직블럭으로 박박 닦았다. 일이 점점 불어났다. 시간이 흐르자 변화가 생겼다. 어느 날 비비가 배변판에 올라가서 볼일을 보는 게 아닌가. 개 두 마리가 함께 살면서 서로에게 좋은 영향을 주는 것인가 싶었다. 그날은 덩실덩실 어깨춤이 절로 나왔다.

이제 해결인가 했지만, 설마 그럴 리가. 파이는 암컷이고, 비비는 수컷이다. 성별이 달라서 볼일을 보는 자세도 다르다. 암컷인 파이는 소변보는 자세가 낮아서 배변판 가장자리에서 볼일을 봐도 소변이 밖으로 튀지 않았다. 수컷

인 비비는 보통 한쪽 다리를 살짝 들고 자세를 조금 낮추고 볼일을 보는데, 그래도 암컷보다 자세가 높다. 그 얘긴즉, 가장자리에서 소변을 보게 된다면 방향에 따라 오줌이 배변판 밖으로 나올 수도 있다는 것이다. 그게 끝이 아니었다. 급기야는 딱 앞발만 배변판에 올리고 배변판 바깥으로 소변을 보는 것이 아닌가. 그 모습을 지켜보면서 혼자 부들부들했다. 마음을 가다듬기 위해 심호흡도 했다. '화내면 안 돼…. 안 돼….'

배변판을 사용하니 씻는 게 또 일이었다. 가장자리에 오줌을 누면 배변판 턱에 오줌이 묻고 시간이 지나 말라붙어서 냄새가 난다. 하루 안 닦으면 냄새가 나서 자주 씻어야 했다. 배변판은 크기가 컸고, 매번 씻고 물기를 없앤 후 다시 패드를 깔아야 했다. 그것 말고도 바닥은 바닥대로 닦아야 했다. 일이 기하급수적으로 늘었다. 배변판 하나로는 비비의 배변 습관이 부르는 참사를 막을 수 없어서 치웠던 배변판 하나를 다시 꺼내 두 개를 붙여놓았는데, 붙여놓은 부분에 덩어리가 떨어지곤 했다. 그러다가 배변판 밖으로도 전진했다.

결국 배변판을 치웠다. 패드가 찢어지지 않는다는 장점

말고는 좋을 게 없다는 결론을 내렸기 때문이다. 대신 패드 두 장을 붙이고 바닥에 테이프로 고정했다. 처음으로 돌아간 것이다. 그러다 어느 날 우연찮게 비비가 패드를 물어뜯는 현장을 목격했고, 호되게 혼을 냈다. 비비는 겁이 많아서 한 번 혼나면 동일한 행동은 안 하는 편이다. 이번에도 그랬다. 결국 처음처럼 거실 한쪽에 큰 패드 두 장을 나란히 놓는 것으로 정착을 했다.

🐾 🐾 🐾

몇 개월간의 힘든 교육 끝에 엉뚱한 곳에 누는 일은 거의 사라졌다(파이는 아주 가끔 불만이 있으면 거실 한가운데 변을 보긴 한다). 가끔 패드 경계에 오줌을 누면 바닥을 닦는 일이 생겼고, 비비가 전진하면서 볼일을 볼 때면 똥이 일렬로 패드 밖을 벗어나는 광경도 목격하게 되었지만, 그러려니 했다. 가끔이니까 어쩔 수 없는 일이라고 받아들였다. 그래도 성공한 날이 더 많다.

이제 잘 가린다고 생각했을 때쯤 패드의 위치를 바꿨다. 베란다로 옮겼다. 덕분에 거실은 청정 구역이 되었다. 베란다에서도 여전히 패드 경계에 오줌 누기, 똥 누면서 걷기

신공을 보여주고는 있지만, 거실과 분리된 베란다라는 공간이 나에게 심신의 안정을 가져다주었다.

산책에 익숙해진 것도 습관을 바꾸는 데 큰 도움이 됐다. 처음 산책할 때는 밖에서 볼일을 전혀 안 봤는데, 산책을 좋아하기 시작한 뒤로는 밖에서 해결하기 시작했다. 비비가 백 보 전진을 하면서 볼일을 봐도 이제는 흐뭇하게 바라보게 된다. 집이 아니라 밖이라서 이제는 이런 마음이다. '더 가. 더 가도 돼.'

배뇨, 배변 훈련을 하면서 내가 너무 완벽한 개를 원하는 게 아닐까 생각했다. 말이 통하지 않는 서로 다른 두 종이 눈치코치로(실은 간식으로) 목표한 성과를 이룬다는 것은 실은 굉장히 어려운 일이다. 그것도 사람만 원하는 성과를 말이다. 그런데 이를 너무 당연시했고, 작은 실수도 용납하지 않았다. 고난의 행군이라고 했지만 알고 보면 완벽하게 내 마음에 들게 하기 위한 교육이었다. 그들의 최선에 대해서 잠시 생각해보게 된다. 개의 최선은 편안함과 자연스러움이지 않을까. 내가 그들의 최선을 이해하고 받아들여주는 것, 적당히 포기하는 것, 그게 개와의 소통이 아닐까 생각해본다.

이제 누가 물어보면 완전 리얼하게 그동안 겪었던 배뇨, 배변 얘기를 해줄 수 있는데, 요새 접종 환자가 많지 않은 탓인지, 아니면 인터넷에 많은 교육 자료가 있어서인지 말할 기회가 많지 않다. 그래서 한번 써봤다.

나는 어른일까 아닐까

　마음이 심란하거나 생산적인 일을 하기 싫을 때 언제부턴가 유튜브로 가서 법륜 스님의 '즉문즉설'을 들었다. '즉문즉설'은 누군가 질문을 하면 스님이 답을 해주는 방식으로 진행된다.

　그날의 질문자는 30대로 추정되는 여성이었다. 독립을 했다가 부모 집에 다시 들어가서 살게 되었는데 자꾸 부모와 마찰이 생긴다고 했다. 이를 어찌하면 좋겠느냐면서 부모와 올바른 소통을 하고 싶다고 했다. 많이 듣다 보니 '대략 이번엔 이런 대답을 하시겠구나' 하는 감이 생겼다. 역시 예상 답변이 나왔지만, 말미에 눈이 번뜩 뜨일 만한 이야기를 들었다. 요지는 '돌보는 일을 하면 어른이 된다'는 것이었다.

　스무 살에 독립해 근 20년을 혼자 살았다. 공부하느라 노느라 늘 바빴기 때문에 집은 잠만 자는 곳이었다. 바쁘게 지내느라 혼자라는 느낌이 어떤 것인지 잘 몰랐다. 어느 정도 나이가 들고 일이 안정되면서 비슷한 일상이 반복되는 시기에 접어들어 집에 머무는 시간도 자연스레 늘었다. 집의 안락함과 편안함을 알게 되어서 좋았지만 그 안에 같이 사는 고독의 얼굴도 만나게 되었다.

　그 무렵 친한 선배가 내게 이런 말을 했다. "스스로를 돌보며 사는 게 제일 힘들어." 긴 시간 혼자 살아왔던 나로서는 흘려들을 수 없는 말이었다. 혹시 이 외롭고 공허한 기분이 스스로를 돌보는 행위에서 나오는 것은 아닐까 싶었다. 너무 고립되어 있었다. 일에 지나치게 몰입했던 탓일까? 매일 스스로를 다그치고 풀어주기를 반복하며 살았다. 다들 이렇게 사는 것 아닌가 하고 생각하면서도, 스스로의 상황에 만족하지 못하는 내가 욕심쟁이 같았다. 하지만 삶이든 생각이든 바꿀 만한 뾰족한 방법을 찾지 못했다. 그로부터 1년쯤 지나서 파이와 비비를 만났다. '개를 돌보는 것도 나를 어른으로 만들어줄까?' 문득 궁금해졌다.

혼자 눈을 뜨는 아침이 어땠는지 정확히 기억나진 않지만, 눈을 번쩍 뜨며 '상쾌한 아침이야. 오늘도 보람찬 하루를 보내야지'라고 생각하지는 않았다. 출근 시간에 맞춰 겨우 일어났다. 요즘은 아침에 실눈을 뜨고 침대 아래를 보면 애들이 쿠션에 앉아서 내가 일어나는지를 바라보고 있다. 그러다 눈이 마주치면, 나는 그저 자고 일어났을 뿐인데 녀석들은 최선을 다해 반가움을 표현한다. 그런 아이들 덕분에 나도 덩달아 격한 아침 인사를 하고, 오늘 하루가 어떨지를 생각하기 전에 베란다로 가서 대소변을 치우고, 패드를 갈고, 물과 밥을 준다. 그러는 사이 어느새 하루가 시작되었다. 녀석들이 나의 공허한 마음을 일상으로 채워준다.

가끔은 녀석들이 나를 비추는 거울 같다는 생각도 든다. 엄마가 하는 말을 자녀가 따라 하는 것을 보고 말조심해야겠다고 생각하는 것과 비슷한 맥락이다. 녀석들이 어떤 잘못(내 마음에 안 드는 일)을 하면 나는 그에 대해 어떤 반응을 하게 되는데(주로 혼낸다), 그걸 통해 내가 모르는 나를 발견하게 된다. 혼자 살아서는 절대 알 수 없는 모습이다. 혼자 지내면 스스로 성격이 무난하다고 생각하는 사람이 많을 것이다. 나 역시 '이 정도면 괜찮지' 하고 생각했다. 여러 경로를 통해서 이 생각이 사라지긴 했지만, 비비와 파이를 보면서도 여지없이 무너졌다.

부모가 나를 혼내던 모습과 내가 비비, 파이를 혼내는 모습이 비슷하다는 생각도 들었다. 처음 그런 생각이 들었을 때 좀 두려웠다. 부모가 내게 남긴 정서적인 유산 중 나쁜 부분은 없애려고 노력했고, 없앴다고 생각했는데 그게 아니었던 것이다. 발현될 상황이 없었던 것뿐이었다. 부모님은 다정함보다는 엄숙함이 더 큰 분들이셨는데 내가 애들을 그렇게 대하고 있었다. 그래서인지 애들은 때때로 나를 무서워했다. 평소에는 안 그러지만, 가끔 뭔가 분위기가 이상하다 싶으면 눈치를 본다.

특히 파이가 많이 혼나는데, 두려움이 가득한 모습을 보면 뭔가 안쓰러우면서 화가 나기도 한다. 나 스스로에게 화를 내는 것 같기도 하다. 나에게 부모는 어렵고 무서운 존재였다. 그 관계가 개와 인간 사이에서 재현된다는 것이 의아하기도 하지만 그렇게 느껴졌다. 나만 그런가? 다들 그런가? 궁금한데 어디다 물어봐야 할지 모르겠다. 병원에 내원한 보호자한테 이런 걸 물어봐도 될까? 나를 이상하게

....

혼자 눈을 뜨는 아침이 어땠는지 정확히 기억나진 않지
만, 눈을 번쩍 뜨며 '상쾌한 아침이야. 오늘도 보람찬 하
루를 보내야지'라고 생각하지는 않았다. 출근 시간에 맞
춰 겨우 일어났다. 요즘은 아침에 실눈을 뜨고 침대 아
래를 보면 애들이 쿠션에 앉아서 내가 일어나는지를 바
라보고 있다.

보겠지?

돌보는 행위는 숭고하다. 그 안에는 자기희생이 있다. 누군가를 책임지고 살피면서 우리가 어른으로 성장해갈 수 있다는 사실에 의심의 여지는 없다. 돌봄에는 다른 효과도 있다. 나 아닌 것을 돌보면 스스로에 대한 잡념이 사라진다. 자아에 집중하는 시간도 필요하지만, 스스로에게서 벗어나는 시간도 반드시 필요하다. 나도 그 과정을 갓 시작했다.

똥 먹는 개

사실 두 녀석에게 똥과 관련된 문제가 하나 더 있었다. 문제가 있었다고 과거형으로 말할 수 있어서 정말 다행이다.

고양이를 키울 때는 똥과 관련된 문제가 없었다. 새끼 때 화장실에 모래를 채우고 어디에 있는지 한 번 알려주면 그때 이후로 잘 가렸기 때문이다. 물론 바빠서 화장실을 못 치운 날은 화장실 입구에 보란 듯이 똥을 누기도 했지만 그건 내 잘못이니까 오히려 미안한 일이었다. 그때 내가 품었던 나름의 불만은 이런 거였다. 화장실에서 나올 때 뛰어나오지 말고 얌전히 나올 수 없느냐(모래가 사방에 튀어서), 누고 나면 모래로 잘 덮으면 안 되느냐 같은, 고양이에게 정확히 전달할 수도 없고 고칠 수도 없는 것들이었다. 그저 삽으로 '맛동산'(손가락 두세 마디 정도 크기의 고양이 똥에 모래가 붙은 모양이 꼭 그 과자를 닮았다)을 캐면서 구시렁거리는 정도였다. 그때 고마운 줄 알았어야 했다.

처음 데려왔을 때 둘 다 생후 4개월 정도였다. 비비가 2주 정도 늦게 태어났다고 했다. 4개월 아이들이 하는, 먹고, 자고, 놀고, 싸는 모든 행동이 신기하고 귀여웠다. 진료를 하면서 많은 강아지를 만났지만 잠깐 보는 것이었고, 강아지 입장에서는 내가 자기를 괴롭히는 것일 테니 내가 볼 수 있는 귀여움은 한정적이었다. 그런 내게 매일 볼 수 있는 귀여운 강아지가 생겼다. 퇴근하면 바로 집으로 달려갔다. 아무도 없던 집에 숨을 쉬는 다른 존재가 나를 기다리고 있다는 사실 자체가 기쁨이었다. 다들 이래서 강아지를 키우는구나 싶던 어느 날, 보지 말아야 할 것을 보았다.

파이가 패드에 똥을 잘 눠서 치우려고 휴지를 챙겼을 때였다. 그런데 내가 치우기도 전에 파이가 자기 눈 똥의 냄새를 쿵쿵 맡더니 한 덩이를 낼름 입에 넣는 게 아닌가. 입을 오물오물거리길래 재빨리 달려가서 입을 벌렸지만 이미 큰 덩이는 입 안에 없었다. 내가 확인한 건 어금니 사이에 낀 '그것'의 조각과 강렬한 냄새였다. 당장 화장실로 데려가서 이를 벅벅벅벅 닦였다.

이를 닦인 뒤 침착하게 상황을 돌아보았다. 어려서 똥을 먹는 건 있을 수 있는 일이라고 보호자한테 늘 말하지 않았던가. 하지만 직접 보고 나니 흔히 있는 일이라며 대수롭지 않게 말하던 내 뒤통수를 한 대 때려주고 싶어졌다.

그렇다. 식분증이었다. 즉, 똥 먹는 개다. 이것이 내가 비비, 파이와 함께 살게 되면서 당면한 똥과 관련된 두 번째 난제였다.

🐾　🐾　🐾

2005년 수의사 면허를 따고 대학병원 수련의 과정에 들어갔다. 응급실을 운영하는 지역 동물병원이 거의 없을 때여서 위중하거나 복잡한 케이스는 대학병원으로 몰렸다. 그곳에서 4년을 바쁘게 지냈고, 5년 차에 지역 동물병원에서 진료를 시작했다.

지역 동물병원에 찾아오는 개의 상태는 대학병원에 오는 애들과 달랐다. 훨씬 더 건강한 상태라는 의미다. 대학병원에서 어디선가 "응급이요" "CPR이요"(cardiopulmonary resuscitation: 심폐 소생술)라는 소리가 들리면 전 의료진이 소리가 나는 곳으로 내달렸다. 손이 얼마나 필요한지 알 수 없기 때문에 일단 모두 달려가는 것이 암묵적인 규칙이었다. 하루에도 몇 번씩 뛰어야 할 정도였다. 반면 지역병원에서는 건강한 개들을 더 건강하게 하기 위한 예방의학 진료가 많았다. 촌각을 다투는 위태로운 경우는 드물었다. 그래서 긴장되고 무거운 기분을 내려놓고 조금은 즐거운 마음으로 개들을 만날 수 있었다. 예방 접종도 익숙하지 않았기에 일단 그것부터 숙지해야 했다. 대학병원에서는 예방 접종을 하지 않았다. 식분증에 대해서도 그때 처음 자료를 찾아봤던 것 같다. 식분증 또한 대학병원에서는 접할 수 없는 문제였기 때문이다.

생각보다 많은 강아지가 식분증을 보였다. 주로 어린 강아지였고, 간혹 큰 강아지도 있었다. 획기적인 개선 방법은 없었다. 몇 가지 약이 있었지만 약이 식분증을 완벽하게 해결하지는 못했다. 그때는 훈련과 교육에 대한 의식이 지금보다 적었고, 그저 똥에 경계심을 가지게끔 후추나 타바스코 소스를 뿌려보라는 별 도움 안 되는 조언만 했다. 돌이켜보니 실행하기 어려운 조언이었다. 오븐에서 갓 나온 구수한 냄새를 풍기는 빵이 더 맛있듯이 개는 갓 나온 따뜻

한 상태의 똥에 호기심이 더 생길 수밖에 없다. 똥을 누는 순간을 포착하기도 힘든데 어떻게 거기다가 잽싸게 타바스코 소스를 뿌리겠는가. 지금 생각하면 그저 웃음만 나온다. 혹 그때 부지런한 보호자를 만나 타바스코 소스가 뿌려진 똥을 먹은 개가 있다면 미안하단 말을 전하고 싶다.

식분증의 원인은 여러 가지가 있지만, 강아지들이 호기심에 입에 대보는 경우가 많은 것 같다. 그러니 변을 바로 치워주고 바로 간식을 주는 것이 변화의 시작일 수 있다. 이러한 배변 훈련을 통해 '똥을 누면 그걸 먹는다'가 아니라 '똥을 누면 간식을 먹을 수 있다'로 알고리즘을 바꿔주면 대부분의 개는 똥보다 간식을 택하게 된다.

한편으로는 강아지 또한 성장을 하면서 관심사가 변하기 마련이라서 산책을 하면서 다른 다양한 냄새를 접하게 만드는 것도 좋은 영향을 줄 수 있다. 여기서 유의해야 할 것은 교육은 반복적이어야 하고, 일정 시간이 경과해야 그 효과를 볼 수 있다는 것이다.

❀ ❀ ❀

보호자에게 "개는 똥을 먹을 수도 있어요"라고 말하곤

했지만, 우리 집 개가 똥을 먹는 건 사실 용납하기 어려운 일이었다. 게다가 파이는 자기 똥만 먹는 게 아니라 비비 똥도 먹었다. 그게 더 비위 상하는 일이었다.

어떻게 할지 고민했다. 일단 애들이 쓰는 울타리가 잘 보이도록 CCTV를 설치했다. CCTV 애플리케이션을 통해서 애들이 내는 소리도 들을 수도 있고, 내 목소리를 전달할 수도 있었다. 그 기능을 활용해서 지켜보다가 똥에 입을 대면 '안 돼!'라고 말할 생각이었다.

출근해서 틈날 때마다 CCTV를 봤다. 그러나 먹는 순간을 목격하는 것은 불가능했다. 혹시 못 본 사이에 먹었을지 몰랐다. 똥이 작고 단단해서 파이가 바로 주워 먹으면 패드에 흔적이 남지 않았기 때문이다. 파이가 똥을 먹은 건지, 안 눈 건지를 제대로 구분하기가 어려웠다. 그래서 시간이 날 때마다 CCTV 화면을 캡처해서 똥의 개수를 셌다. 세어놓고 똥이 없어지나 안 없어지나를 확인한 것이다.

어떤 날은 똥의 개수가 퇴근할 때까지 동일했고, 어떤 날은 줄어 있었다. 어떨 때 먹고 어떨 때 안 먹는 건지 도무지 알 수가 없었다. 파이의 양 어깨를 붙잡고 흔들면서 제발 이유를 말해달라고 애원해보고 싶은 심정이었다. 세어놓은

....

식분증의 원인은 여러 가지가 있지만, 강아지들이 호기
심에 입에 대보는 경우가 많은 것 같다. 그러니 변을 바
로 치워주고 바로 간식을 주는 것이 변화의 시작일 수
있다. 이러한 배변 훈련을 통해 '똥을 누면 그걸 먹는다'
가 아니라 '똥을 누면 간식을 먹을 수 있다'로 알고리즘
을 바꿔주면 대부분의 개는 똥보다 간식을 택하게 된다.

똥의 개수가 달라져도 안타까움만 표현할 뿐 달리 할 방도가 없었다. 그저 같이 있을 때 똥을 누면 칭찬하고 간식 주기를 반복했다. 개도 사람처럼 나쁜 건 금방 닮는다고 해서 비비도 먹을까 봐 노심초사했다. 아니나 다를까, 어느 날 비비가 똥을 낼름 먹는 게 아닌가.

이래선 안 되겠구나 싶어 그 다음 날부터 아이들과 같이 병원으로 출근했다. 아침마다 출근 준비를 다 하고 가방을 꺼낸 뒤에 "들어가" 하고 말하면, 잽싸게 두 마리가 가방 안에 들어갔다. 어떤 애들은 가방을 꺼내면 도망간다던데, 우리 애들은 무척 신나했다. 둘 다 2kg이 안 될 때라서 들고 다니기 무겁지는 않았다. 접종은 끝났지만 전염병에 노출될 수 있는 환경이어서 병원 내 입원실 케이지 안에 가둬두었다. 시간이 나면 꺼내주어 같이 놀고, 대소변 가리기 연습을 했다. 그리고 제일 중요한 똥 누는 순간을 포착하기 위해 애썼다. 대소변을 볼 때마다 즉시 치워주고 칭찬하고 간식 주기를 무한 반복했다.

그렇게 노력했어도 중간중간 똥을 먹었고, 그때마다 나는 좌절했다. 파이는 유독 뽀뽀와 핥기를 좋아하는데, 똥을 먹고 나를 핥는 장면을 상상하면 끔찍했다. 그러니 절대 포기할 수 없는 일이었다. 다시 칭찬하고 간식을 줬다. 간식도 큰 걸 주면 먹고 배불러서 효력이 떨어질 것 같아 작게 썰었다. 그랬더니 언제부턴가 똥을 안 먹었다. 정확히 어느 시점인지는 기억나지 않는다. 생각해보니 '이제 안 하는 것 같네' 하는 느낌이었다. 서서히 줄었고, 서서히 무뎌진 것이다.

지금은 안 먹는다. 아니, 적어도 내 눈앞에서는 안 먹는다. 어쩌면 내가 모르는 사이에 가끔 먹을지도 모른다. 그렇게 생각하면 다시 끔찍한 기분이 든다. 내 눈에만 띄지 않기를 바란다.

내 귀에 삑삑이

'삑삑…. 삑삑삑….' (무한 반복)

이 소리는 비비가 뼈다귀 모양의 장난감을 반복적으로 물면서 내는 소리다. 집에서 인이 박이게 들은 탓에 조용한 곳에 있으면 어디선가 삑삑거리는 소리가 들리는 듯한 착각이 든다.

파이와 비비를 처음 데리고 올 때 애들이 쓰던 용품도 받아 왔다. 먹던 사료와 간식, 패드, 큰 쿠션, 옷, CCTV, 장난감 몇 가지 등이다. 배뇨와 배변을 잘 못할 때라서 넓게 울타리를 치고, 패드와 쿠션을 놓아두고 그 위에 별 의미 없이 장난감을 올려놓았다. 받아 온 걸 한자리에 모아두면 알아서 쓰거나 가지고 놀 수 있을 것 같았다. 그때까지만 해도 강아지가 장난감을 가지고 어떻게 노는지 몰랐다.
일하면서 '장난감'을 만나는 순간이 있긴 하다. 주로 배 안
에 있다는 것이 문제였지만.

생각보다 많은 개와 고양이가 장난감을 먹는다. 일부를
뜯어 먹기도 하고, 통째로 먹기도 한다. 보호자가 그 상황
을 목격하거나 없어진 물건이 명확하지 않은 이상 이물(장
난감 등 먹을 것이 아닌 것)을 처음부터 진단하기는 어렵다.
다행히 보호자가 이를 확인하고 병원에 올 경우에 여러 가
지 검사를 통해 위나 장의 이물을 진단하게 되고 그에 합
당한 처치를 하게 된다.

그러나 진단이 나왔다고 해도 수의사가 직접 보기 전에
이물의 정체를 정확히 알 수 없다. 내시경 시술이나 수술
을 하면서 그 이물의 실체를 직접 만나게 되는데, 위나 소
장 같은 의외의 곳에서 인형의 특정 부분(예를 들어 얼굴이
나 몸통)을 만나게 되는 순간엔 반가우면서도 실소를 금치
못하게 된다. 아파서 수술까지 받게 된 아이한테는 미안하
지만, 장을 절개했는데 거기서 귀여운 인형이 '짠' 하고 얼
굴을 드러낸다고 상상해보라. 아무리 수술이라는 일에 집
중한다고 해도 그 순간 굳은 얼굴로 있기는 힘들 것이다.

🐾 🐾 🐾

애들을 데려오고 처음 목격한 놀이는 실타래 줄다리기였다. 둘이서 양쪽 말단을 물고 자기 쪽으로 힘껏 당겼다. 이제는 비비가 백전백승이지만, 그때는 비비가 파이보다 작을 때여서 파이가 이기는 경우가 많았다. 애들이 실타래를 물고 노는 걸 처음 봤던 때, 각자 자기 쪽으로 힘차게 실타래를 당기는 걸 보면서 유치는 잘 빠지겠다고 생각했다. 실제로 잘 빠졌다. 파이는 송곳니 하나 빼고 다 빠졌고, 비비는 모두 다 빠졌다.

애들은 실타래 말고도 다른 장난감도 잘 가지고 놀았다. 가끔씩 비비는 형광색 뼈다귀(누르면 요란한 소리가 나서 일명 '삑삑이'라고 불린다)를 물고 혼자서 '삑삑' 소리를 냈지만, 그땐 작고 힘도 약해서 소리가 그리 크지 않아 귀에 거슬릴 정도는 아니었다. 파이는 다행히 삑삑이를 좋아하지 않았다. 가끔 건드리면 비비가 빼앗아 갔기 때문에 익숙해질 기회가 없기도 했다.

아이들이 장난감을 제법 잘 가지고 놀자 그 모습이 신기하고 귀여워서 애견용품 가게를 자주 기웃거리게 되었다. 한번은 누르면 소리가 나는 닭 인형(일명 '쉘링 치킨'이라고

....

아파서 수술까지 받게 된 아이한테는 미안하지만, 장을
절개했는데 거기서 귀여운 인형이 '짠' 하고 얼굴을 드러
낸다고 상상해보라. 아무리 수술이라는 일에 집중한다
고 해도 그 순간 굳은 얼굴로 있기는 힘들 것이다.

불린다)을 사줬는데, 비비가 한번 물고는 그 소리에 놀라 뒷걸음질을 쳤다. 그걸 보고 깔깔대며 웃었다. 좀 있다가 파이가 용감하게 그걸 물어다가 탐색을 시작했고, 다음 날이 되니 비비도 적응을 했는지 닭을 맹렬히 물기 시작했다. 한동안 집에서는 괴상한 울음소리가 울려 퍼졌다. 며칠 안 돼서 그 닭은 옆구리가 찢어졌다. 소리가 약간 거슬리던 터라 다행이라고 생각했다.

비비는 그 닭을 통해 뭔가 깨달은 바가 있었는지 뼈다귀 장난감(삑삑이)을 힘차게 물기 시작했다. 그래서 나는 집에 있는 동안 내내 삑삑거리는 소리를 들어야만 했다. 좀 과하다 싶어서 장난감을 빼앗아 식탁 위에 올려두면, 두 발로 서서 어떻게든 보려고 애쓰다가, 나를 쳐다봤다가, 앉아서 멍하니 테이블 위를 보기를 무한 반복했다. 바로 주면 버릇이 될 것 같아서 한참 뒤에 다시 주었다. 그럼 다시 삑삑거리는 소리가 온 집 안을 점령했다. 노이로제에 걸릴 것 같아서 저 소리 나는 부분을 빼버릴까 하고 생각할 때쯤 그 부분이 장난감 안쪽으로 빠졌다. 오죽했으면 저절로 빠졌을까. 어쨌든 장난감이 망가지자 '아, 살았다' 싶었다.

근데 그게 끝이 아니었다. 이제는 내가 어딘가에 앉기만

하면 그 죽은(즉 소리가 안 나는) 삑삑이를 물고 왔다. 화장실까지 따라왔다. 설거지를 하고 뒤돌아서면 어느새 삑삑이가 발 옆에 있었고, 몇 번은 모르고 밟아서 넘어질 뻔도 했다. 비비는 삑삑이를 내 주위에 두고 근처에서 나를 뚫어지게 쳐다본다. 던져달라는 것이다.

처음에는 신기해서 물고 오면 간식도 줬다. 물건을 물어오는 욕구를 나도 모르는 사이 교육한 것이다. 내가 뼈다귀를 내려놓기 전에 비비가 먼저 잡으면 안 빼앗기려고 있는 힘껏 뒤로 당겼다. 그러다 놓아주면, 좀 있다가 다시 내 앞에 가져다 놓았다. 하루는 누가 먼저 지치나 보자 싶어서 열심히 던져줬다. 팔이 뻐근할 정도로 던져줬는데 비비는 초롱초롱한 눈으로 헥헥거리기만 할 뿐 지치는 기색이 없었다. 그 반짝이는 눈빛을 보니 이건 이길 수 없는 게임이라는 생각이 들어서 먼저 백기를 들었다. 자고로 즐기는 자를 이길 수 없다고 하지 않았던가. 비비는 진정 공놀이를 좋아했다.

어느 날에는 놀라운 장면을 목격했다. 던져준 장난감이 아일랜드 탁자 아래에 들어갔는데, 그 앞에 엎드려서 탁자 밑에 삑삑이가 있는 걸 확인하더니 앞다리를 탁자 아래로 뻗어서 그걸 꺼내려고 애쓰는 것이 아닌가. 물건이 가구 밑에 들어갔을 때 사람이 몸을 숙이고 팔을 넣어서 꺼내는 모습과 똑같았다. 보이지도 않고 손에 잘 닿지도 않는 물건을 찾겠다고 어깨 끝까지 팔을 넣어서 휘휘 젓는 모습 말이다.

비비는 다리가 짧은 편이다. 개는 물건을 집어서 꺼낼 수는 없으니 비비는 짧은 팔로 장난감을 툭툭 쳐서 반대편으로 나오게 한다. 한 번에 잘 나오지 않으면 테이블 양쪽을 분주히 왔다 갔다 하면서 삑삑이를 쳐서 결국은 삑삑이를 꺼냈다. 그리고 의기양양하게 내게 가져왔다. 어떤 때는 내가 던져주지도 않았는데 삑삑이가 반복해서 탁자 아래로 들어가고, 비비는 그걸 꺼내기를 연속으로 반복하는 느낌이 들어서 유심히 살펴봤다. 봤더니 비비가 일부러 근처에서 놀다가 발로 슬쩍 밀어 넣는 것이었다. 혼자 놀기를 터득한 것이었다.

비비와 던지기 놀이를 하고 있으면 가끔 파이가 가세해서 같이 논다. 파이가 비비보다 먼저 장난감을 무는 일은 거의 없다. 비비는 필사적이고 파이는 건성으로 뛴다. 파이는 대충 쫓아가는 척하다가 삑삑이를 물고 달려오는 비비에게서 그걸 빼앗으려고 몸싸움을 한다. 파이가 진로를 막고 있으면, 비비는 농구 선수나 축구 선수들이 공을 빼앗기지 않으려고 몸을 좌우로 움직이거나 페이크를 써서 상대를 교란하는 것 같은 행동을 한다. 축구 교실을 보낸 것도 아닌데 저런 몸놀림을 어떻게 터득했을까 싶어 감탄을 하며 지켜보게 된다.

둘이서 헥헥대면서 열심히 노는 걸 보면 덩달아 힘이 나서 팔이 아픈 것도 잊고 장난감을 던져주게 된다. 확실히 비비 혼자 뛰는 것보다 파이가 같이 놀 때면 비비도 더욱 신나 보인다. 사람도 혼자 노는 것보다는 둘이 노는 게 더 재밌다. 이런 본능을 일깨울 기회가 없이 살아온 개는 장난감을 가지고 놀 줄 모른다고 하던데, 우리 애들은 참 다행이다 싶은 마음이 들었다. 이런 순간이 두 마리를 돌보는 고달픔을 상쇄해준다.

비비는 나와 눈만 마주치면 삑삑이를 물고 왔다. 잠에서 깨어나 눈을 뜰 때면 곧바로 애들이 있는 쪽을 쳐다보는데, 눈을 마주치고 반가워하는 것으로 아침 인사가 대충 끝났다 싶으면 어김없이 비비가 삑삑이를 물고 온다. 쉬는 날 같이 하루를 지낼 때도 마찬가지였다. 내가 고개를 돌리면 삑삑이를 입에 물고 있는 비비가 보이고, 뭘 하다가 뒤를 돌아보면 삑삑이를 내 주위에 내려놓는 비비가 보이고, 어디를 봐도 삑삑이를 가지고 뭘 하는 비비가 보였다.

그건 공포에 가까웠다. 영화 「여고괴담」에서 귀신이 성큼성큼 다가오는 장면과 다르지 않았다. 누가 하루 종일 지치지도 않고 쫓아다니며 무언가를 강력하게 요구한다고 상상해보라. 심지어 비비는 잘 때도 삑삑이를 자기 얼굴 앞에 내려놓고 잠이 들었다. 특정한 물건에 대한 심한 집착이 아닐까 싶어서 삑삑이를 숨기고 소리 나는 다른 장난감으로 바꿔보았다. 결과는 같았다. 다행히 특정 물건에 대한 집착은 아니었지만 한동안 또 귀가 아팠다.

🐾 🐾 🐾

요새는 비비의 요구대로 공을 던져주지 않는다. 적당히 무시한다. 이 방법을 택한 건 매번 공을 던져주는 것이 나와 비비 둘 다에게 좋지 않다는 생각이 들었기 때문이다. 사실 공을 물고 온 비비를 무시하는 일이 쉽지는 않았다. 미안한 마음이 들었고, 놀아줘야 한다는 의무감도 나를 짓눌렀다. 동시에 귀찮은 마음도 컸고 혼자 편히 쉬고 싶다는 생각도 간절했다. 좋으면서도 싫은 기분이었다.

내 하루를 돌아보면 눈을 뜨자마자 밤새 애들이 눈 대소변 치우기로 시작해서 아침 산책, 밥 챙겨주기, 아침에 잠깐 장난감 던져주기, 퇴근 후 대소변 치우기, 바닥 닦기, 저녁 산책 후 공 던지기가 무한히 반복된다(비비에게 공을 던져주는 동안 파이는 팔에 얌전히 안겨 있다). 그러면 어느새 잘 시간이다. 음악을 듣고, 차도 마시고, 책도 보던 느긋한 일상은 저 멀리 사라졌다.

가끔 애들을 친구 집에 맡기면 조금 허전하기도 했지만, 사실 좀 편했다. 그동안 애들을 돌보느라 스트레스가 상당했던 것이다. 애들이 온 뒤로 저녁 약속은 거의 안 잡았고, 혹 약속이 있는 날은 아침에 애들과 같이 병원에 출근해서 저녁을 챙겨주고, 약속이 끝나면 다시 병원에 와서 애들을 데리고 집으로 갔다. 게으름을 피우고 싶어도 그렇게 할 수가 없다. 애들은 일상생활을 온전히 내게 의존하고 있기 때문이다. 혼자 사는 사람이 개를 키우면 안 된다고 말하고 싶지는 않다. 하지만 예상하는 것보다 좀 더 힘든 건 확실하다.

비비도 자신이 원하는 바를 다 이룰 수는 없다는 사실을 배울 필요가 있었다. 참을성이 없는 개는 공격성이 증가할 수 있다. 자기 요구가 좌절되는 것을 견딜 수 없어서 지나치게 흥분하고, 그러다가 결국 사람을 물 수도 있다. 오냐오냐 하면서 키운 자식이 할아버지 수염을 뽑는다는 옛말은 사람에게만 해당되는 것이 아니다.

원래 개는 상황을 잘 받아들이고 포기를 잘하는 편이다. 그런데 원하는 걸 얻기 위해 멈추지 않고 짖고, 결국 사람까지 무는 개는 자기의 욕구를 포기하는 방법을 못 배운 것이다. 그 문제에 대한 책임은 개가 아니라 사람이 져야 할 것이다. 정작 그렇게 모든 요구를 다 들어준 환경에서 자란 개는 행복하지 않다. 불안 증세가 심하고, 다른 개들과 어울리지 못하고, 편안함이 무엇인지 알지 못하기에 행복을 찾기가 힘들어질 것이다.

앞으로 공을 잘 던져주지 않겠다는 얘기에 대해서 긴 변명을 한 것 같지만 결코 아니다. 오해 마시라.

먹었구나

평범한 어느 날이었다. 퇴근한 뒤 집에 와서 애들이랑 적당히 놀아준 뒤 집안일을 하다가 인센스 스틱 생각이 났다. 향이 좋아 자주 구입하는 제품인데, 종이로 만든 긴 원형의 통에 향이 들어 있고, 용기의 입구는 코르크 마개로 닫혀 있다. 병원에서 택배로 받은 것을 가져와 책상 위에 꺼내놨는데, 향을 피우려고 찾으니 통이 바닥에 떨어져 있었다. 통을 줍고 보니 코르크 마개가 없었다.

순간 '먹었구나'라는 불길한 생각이 머릿속을 스쳤다. 주변을 구석구석 다 뒤졌다. 가방도 다시 열어봤고, 애들의 동선도 살폈다. 안 보였다. '먹었구나'라는 추정이 확신으로 굳어져갔다. 비비가 범인일 가능성이 높아서 비비의 입 안부터 살폈다. 입 안은 깨끗했지만 내 머릿속은 복잡했다. 코르크 마개를 먹으면 어떻게 되는 거지? 구토를 시켜야 하나? 아니면 내시경을 해야 하나?

문득 어떤 생각이 떠올라 전에 사둔 똑같은 제품의 코르크 마개를 찾아보았다. 와인 코르크 마개보다 길이는 약간 짧고 직경은 조금 큰 것이다. 내 입에 넣어봤더니 입 안이 가득 찼다. 개가 단번에 삼킬 수 없는 크기였다. 그럼 뜯어서 먹었단 얘기인데, 가루 하나 없이 깨끗이 먹을 수는 없으리란 생각이 들었다. 코르크 마개 부스러기를 찾으려고 집 안 구석구석을 다시 살폈으나 없었다. 점차 '안 먹었어!'라는 생각이 자리를 잡았다.

진정하고 찬찬히 다시 찾아봤다. 설마하는 마음으로 가방을 다시 열어봤더니 거기 있었다. 가방 속 책들 사이에 숨어 있었던 것이다. 유레카! 이미 뒤져본 곳이었는데 '먹었다'라는 생각에 마음이 급해 제대로 못 본 것이다.

🐾 🐾 🐾

비슷한 일이 있었다. 백구를 애지중지 키우는 어느 보호자의 이야기다. 서로 애착이 깊은 관계라서 보호자가 집을 비우면 몇 날 며칠 밥도 안 먹는다고 했다. 어느 날 그 보호자는 백구를 안고서 땀을 뻘뻘 흘리면서 병원에 헐레벌떡 들어와서 다급한 목소리로 말했다.

"어떡하죠? 우리 애가 참치 캔 뚜껑을 먹었어요. 빨리 봐주세요."

참치 캔 뚜껑은 날카롭다. 위험할 것 같아서 얼른 살펴보았다. 그런데 개는 멀쩡해 보였고, 오히려 어리둥절한 표정이었다. 입 주위와 입 안을 봐도 깨끗했다.

보호자에게 백구가 캔 뚜껑을 먹는 걸 봤냐고 물었더니 직접 보진 못했다고 했다. 왜 먹었다고 생각하느냐고 물었더니 분명 참치 캔 뚜껑을 따서 테이블 위에 올려놨는데 없어졌다고 했다. 참치 캔 뚜껑은 사이즈도 작지 않고 날카로우니 개가 상처 하나 없이 꿀꺽 삼키는 건 힘들다. 그럼에도 불구하고 삼켰다면 목에 걸려서 침을 흘리며 불안해하거나 구토 증상을 보였을 것이다. 안 먹었을 수도 있으니 보호자에게 집에 가서 다시 한 번 찾아보라고 했다. 보호자는 이미 샅샅이 다 찾아봤다며 불안하니 정확히 확인을 하고 싶다고 했다.

백구의 구강과 목 부분, 위를 확인하기 위해 방사선 촬

영을 했다. 캔 뚜껑은 금속 재질이라서 방사선 사진에서 안 보일 수가 없다. 방사선 사진에서 특이한 점은 없었다. 보호자께 안심하라고 했지만 불안이 완전히 가신 것 같진 않았다. 왜냐면, 어쨌든 뚜껑이 사라졌으니까.

보호자가 병원을 떠난 뒤 몇 시간 지나서 집으로 전화를 해봤다. 그랬더니 밝은 목소리로 캔 뚜껑을 찾았다고 했다. 그땐 보호자가 왜 불안해하는지 이해를 잘 못했던 것 같다. 이성적으로 생각해보면 명확한 일이었기 때문이다. 하지만 내가 겪고 보니 나도 별수 없었다.

🐾 🐾 🐾

혼자 사는 사람은 방문을 닫아놓을 필요가 없다. 어차피 아무도 없으니까. 야심한 밤에 닫힌 방문을 봤을 때, 그 방에 알 수 없는 존재가 있을 것 같다는 두려운 마음에 일부러 활짝 열어놓기도 한다. 솔직히 볼일 볼 때도 매번 화장실 문을 닫지는 않았다. 혼자이기에 닫으나 안 닫으나 큰 차이가 없다.

애들이 오고 나서는 일부나마 문단속을 하게 됐다. 우리 집은 방이 세 개인데, 두 개는 서재와 옷방으로 쓴다. 애들이 책과 옷을 입에 댈 가능성이 있어서 칸막이를 설치한 방이다. 외출할 때면 화장실 문은 닫아둔다. 대신 애들은 안방과 거실과 베란다를 오가며 지낼 수 있다. 아주 넓지는 않더라도 답답하진 않을 정도다. 그 공간에서 애들 입에 닿을 만한 물건은 다 치웠다. 그리고 개껌이나 뼈다귀 같은 딱딱한 간식을 줘서 씹고 싶은 욕구를 해소시켰다.

그래도 가끔 사고가 생겼다. 깜빡하고 바닥에 두루마리 휴지를 두고 가면 퇴근 후 놀랄 만한 광경을 만나게 된다. 꼼꼼히 뒷정리를 한 어느 날에는 파이가 벽지를 핥다가 뜯어놓기도 했다. 순간 짜증이 올라오며 좌절하기도 하지만 어쩌겠는가. 내 탓이다 생각하고 묵묵히 치운다. 그래도 사고 치는 패턴을 보니 먹지 말아야 할 것을 먹지는 않는 것 같았다. 그냥 뜯고 찢는 정도였다.

그러던 어느 날 대형 사고가 터졌다. 출근 준비로 바쁜 아침이었다. 차를 빼달라고 연락이 와서 급하게 내려갔다와보니 거실에 쓰레기가 널려 있었다. 언뜻 봐도 알 수 있었다. 화장실 휴지통에서 나온 쓰레기였다. 거기에는 여성 위생용품도 포함되어 있었다. 순간 화가 치밀어 올랐지만 화장실 문을 안 닫고 나간 내 탓이다 싶어 조용히 하나씩 치

우는데, 있어야 할 게 없었다. 등골이 서늘해지면서 스치는 생각, 먹었다. 하필 그걸….

그길로 애들을 옆구리에 한 마리씩 끼고 서둘러 출근을 했다. 뭔가를 물어뜯는 건 주로 비비였기에 비비에게 먼저 구토시키는 약을 먹였다. 삼킨 것이 날카롭지 않은 이물일 경우, 보통 한 시간 이내에 약물로 구토를 유발할 수 있다. 좀 있다가 비비가 구토를 했다. 비비의 입에서 탐폰 끝에 달린 실이 나왔다. 역시 '네가 범인이구나' 했다. 더 토해내겠지 싶어 기다렸다. 거품까지 토해냈지만 더는 없었다. 설마?

파이를 째려봤다. 파이한테도 약을 먹였더니 얼마 뒤 파이가 탐폰의 스펀지를 토해냈다. 내가 주차장에 다녀온 그 짧은 새에 둘이 그걸 물고서 신나게 터그 놀이를 한 모양이었다. 그러다 분리됐을 것이고, 실은 비비가, 나머지 부분은 파이가 삼킨 것이다. 어떻게 그 작은 몸으로 이걸 통째로 삼킨 건지 아직도 이해가 안 가지만, 애들은 그걸 먹었고 다행히 토해냈다. 보통 사고가 생기면 한 마리가 저지르는 일이라고 생각했는데, 알고 보면 모든 사건에서 둘이 공범이었을 수도 있겠다는 깨달음이 따른 일이었다. 어찌나 놀랐는지 이 글을 쓰는 지금도 아찔하고 부끄럽다.

부끄러운 일을 왜 쓰느냐고 물을 수도 있을 것 같다. 나만 겪는 일이 아닐 것 같아서 쓴다. 개들은 가끔 우리를 수치스럽게 하는 물건을 먹는다. 그럴 땐 당황하지 말고, 부끄러워하지 말고 일단 병원으로 데려가자. 망설이다가 골든 타임을 놓치면 일이 더 커진다. 그리고 평소에 잘 치워놓자.

산책, 솔직히 귀찮지만

첫 산책이 있기 전부터 미리 목줄을 채우고 적응을 시켰다. 개들에게 산책은 굉장히 중요한 일임을 알고 있었기 때문이다.

반복되는 일상이 나만 지루한 것은 아닐 것이다. 아무리 두 마리가 같이 있다고 해도, 집 안은 호기심 많은 녀석들에게 좁은 공간이며 자극도 제한적이다. 그래서 산책은 집에서 사는 개들의 단조로운 일상에 활력을 주는 큰 활동일 수밖에 없다. 개들은 바람에 실려 오는 온갖 냄새와 낯선 소리로 가득한 흥미로운 세상을 몹시도 만나고 싶어한다. 우리가 때때로 여행을 떠나야 하듯이 녀석들도 매일매일 산책을 해야 한다.

대망의 첫 산책 날이 왔다. 나도 약간 긴장하면서 적절한 때를 고민했다. 밤이 좋을 것 같았다. 다른 자극 요소가 덜하기 때문이다. 기대감에 차서 둘을 안고 아파트 공터로 갔다. 그러나 기대만큼 산책이 순조롭게 풀리지는 않았다. 집에서 매우 활발한 녀석들이라 내려놓으면 당연히 좋아서 난리가 날 줄 알았는데, 집 안과 집 밖은 애들에게 다른 세계였던 것이다. 바닥에 내려놓으니 둘 다 말 그대로 '얼음' 상태로 가만히 서 있었다. 간식을 들고 이름을 불러봐도 요지부동이었다.

　첫 산책은 10분도 안 돼서 끝났다. 묘한 실망감이 들었다. 실망감의 정체를 들여다보니 애들에 대한 배려보다 내 기대감을 우선했던 게 문제였다. 어쩌면 애들도 할 말이 있을지 모른다. '네가 왜 실망하느냐, 그 밤에 내가 얼마나 무서웠는지 아느냐'라고 말이다. 하지만 개는 말이 없다. 내가 어떤 감정을 느끼고 표현해도 반응이 없기 때문에 그 자리에는 내 감정만 남는다. 내 실수를 오롯이 볼 수 있게 된다. 애들은 나를 비추는 거울 같다. 그래서 가끔 부끄러울 때가 있다.

　산책에 얼른 적응하기를 바라면서 밤마다 데리고 나갔

다. 밖에만 나가면 움직이질 않으니 목줄도 필요 없었다. 놀이터에 내려놓으면 비비는 시종일관 얼음이었고 파이는 그나마 조금씩 움직이기 시작했다. 그러나 오래 걱정할 일이 아니었다. 결국 산책을 원하는 개다운 개가 되기까지 일주일이 채 안 걸렸다. 곧 집에서 안고 나갈 준비를 할 때면 애들의 눈빛과 태도가 달라졌다. 움직임도 실내에서처럼 자유로워졌다. 본격 산책이 시작된 것이다.

🐾 🐾 🐾

애들은 짧은 다리와 좁은 보폭으로 참 빨리도 걸었다. 그 속도를 따라가려니 새로운 장비가 필요해졌다. 두 마리라 줄이 꼬여서 이른바 '쌍줄'(Y자 연결 고리가 붙어 있는 줄)을 샀다. 줄이 꼬이지 않아서 나도 편했고, 두 마리가 발 맞춰서 총총총 걸으면 보기 좋을 것 같기도 했다.

그러던 어느 날 쌍줄을 매고 산책을 하는데, 지나가는 아파트 주민 한 사람이 "쌍줄 그거 안 좋다던데" 했다. 혼잣말 같기도 하고, 말을 건네는 느낌은 아니라 대수롭지 않게 여겼다. 사실 속으로 '흥, 뭐 편하기만 한걸' 했다. 그런데 시간이 지나니 쌍줄의 단점이 보이기 시작했다. 애들이

각자 가고 싶어하는 곳이 달랐다. 누군 더 냄새를 맡고 싶어했고, 누군 앞으로 걸어가려 했다. 만약 힘이 더 센 아이가 있다면 약한 아이가 끌려다니는 꼴이 되기 쉬웠다. 생각해보니 쌍줄은 마차를 끄는 말이나 썰매 개처럼 목적지를 향해 같은 속도로 질주해야 하는 동물이라면 모를까 산책을 즐기는 개에게는 적합하지 않았다. 이웃 주민이 내가 수의사인 걸 몰라서 다행이었다.

장비를 바꾸기로 했다. 산책이 점점 익숙해질수록 애들의 행동반경도 넓어졌고, 두 마리라 쌍줄이 아니어도 양쪽의 요구를 들어주기에 일반적인 줄은 좀 짧게 느껴져서 3m짜리 자동줄을 샀다. 주변에 아무도 없을 때면 3m를 다 풀어서 자유롭게 돌아다니게 해주고, 사람들이 있으면 짧게 잡았다. 비비는 내가 줄을 짧게 잡는 걸 좋아하지 않았다. 수시로 더 멀리 달려가면서 3m 줄을 스스로 끌곤 했는데, 나는 그럴 때마다 멈춰 서서 줄을 과하게 당기면 안 된다는 것을 알려주려고 노력했다.

그리 길지 않은 시행착오 끝에 나도 애들도 산책에 익숙해졌다. 주로 아침에 한다. 평소에는 아파트 단지를 오가고, 여유가 있는 날에는 크게 동네 한 바퀴를 돈다. 한가한 날엔 저녁에도 똑같이 한다. 일정과 컨디션에 따라 산책 횟수가 달라지긴 하지만 하루 한 번은 무조건 하려고 애쓴다. 사실 좀 버겁다. 그러다가 내가 빠져나갈 수 있는 날을 학수고대하게 되었다. 바로 비 오는 날이다. 언제부턴가 비 오는 날은 미소를 지으며 애들을 안고 창가로 가서 밖에 비가 온다는 걸 보여줬다. 산책할 수 없는 날이라는 걸 애들한테 인지시키기 위해서였다. 아는지 모르는지 알 수 없지만.

원래 비 오는 날을 좋아하기도 했다. 생각해보니 그것도 수의사가 된 후부터였다. 보통 동물병원에는 비가 오는 날이면 위중한 상태 아니고서는 내원하는 환자가 적다. 그래서 폭우가 쏟아지거나 장마철이 찾아오면 오늘은 한가하겠다 싶어서 출근하는 발걸음이 가벼웠다. 즉 비 오는 날은 월급 받고 일하는 수의사에게 '월급 루팡 데이'다. 고용된 나로서는 좋지만 동물병원을 운영하는 원장 입장에서는 비 오는 날이 별로겠구나 싶었는데, 원장이 되고 나서도 변함없이 비 오는 날이 좋았다. 그러다가 비 오는 날을 반기는 이유가 한 가지 더 생겼다. 어찌할 도리가 없는 산책 면제의 날이기 때문이다.

🐾 🐾 🐾

　물론 산책은 즐겁다. 운동과 비슷한 것 같다. 매번 체육관까지 가는 길이 참 멀게 느껴지지만 억지로라도 다녀오고 나면 개운하고 활기까지 얻게 되지 않던가. 산책도 그렇다. 나가야 한다고 생각하면 귀찮은데 막상 나가면 좋다. 애들이 기뻐해서 더 좋다. 열심히 냄새를 맡고, 여기저기 살피고, 길가에 핀 풀도 뜯어 먹는 모습을 보면 내 마음도 편안해진다.

　나는 토실토실한 엉덩이를 실룩거리며 총총 걸어가는 비비의 뒷모습을 사랑한다. 바람이 불어오면 날아갈까 불안한지 그 자리에 앉아 바람이 지나가길 기다리는 파이의 모습(바람에 귀가 뒤로 날린다)을 사랑한다. 밤이면 가로등 불빛에 생긴 애들 그림자의 움직임이 너무 귀여워서 한참 그림자를 따라가기도 한다. 그런 날이면 아파트 단지 한 바퀴만 돌아야지 했던 마음은 어느새 사라지고 마을 한 바퀴를 돌고 있다. 3m 줄에도 적응이 되어서 어떤 날은 줄이 당겨지는 일 없이 산책을 마치기도 한다. 그런 날은 애들도 자유롭다고 느낄 것 같아서 기분이 더 좋다. 고작 3m의 자유이긴 하지만.

산책을 할 때면 보통 비비가 제일 앞에 서고, 파이는 그 뒤에 선다. 난 마지막에 걷는다. 그러다 비비가 어느 곳에 멈춰 서서 냄새 맡기에 열중하면 파이와 내가 비비를 앞지르기도 하고, 그러다가 3m의 줄이 팽팽해질 즈음 비비가 우리가 있는 쪽으로 달려와 거리를 좁힌다. 그리곤 다시 자기가 앞으로 간다. 비비는 앞서서 걷고 뛰면서도 꼭 주기적으로 뒤를 돌아보곤 한다. 내가 잘 따라오는지가 궁금한 건지, 아님 나한테 여기까지 안전하다고 신호를 주는 건지 모르겠지만. 어떤 이유이건 그 모습은 이 산책에서 우리는 한 팀이라는 느낌을 준다. 산책을 하면서 겁이 많은 파이의 이름을 종종 부른다. 그럼 파이도 뒤돌아본다. 내가 여기 있으니 두려워하지 말라는 의미로 부르는 것인데, 그 신호를 파이가 알지는 모르겠다.

산책이 습관이 되는 동안 나도 변했다. 더 많이 기다릴 줄 알게 되었다. 예전에는 내가 좀 더 많이 걷기 위해 애썼다면, 이제는 애들에게 마음껏 냄새를 맡으라고 시간을 준다. 산책은 나의 운동 시간이 아니고, 어디까지 꼭 갔다 와야 하는 것도 아니라는 것을 차차 이해했기 때문이다. 파이가 냄새에 심취해서 한곳에 오래 머물면 비비와 내가 기다린다. 그런 시간이 쌓여서 애들 또한 기다린다는 게 무엇인지 알게 된 것 같다.

어느 날은 신발에 작은 돌이 들어가서 잠시 서서 신발을 고쳐 신었는데 애들이 나를 기다리고 있는 게 아닌가. 엄청 기분이 좋았다. 무리로 인정받는 느낌도 들고 배려받고 있다는 느낌도 들었다. 그 뒤로 나는 냄새 맡을 일도 없고 노상방뇨를 할 생각도 없지만 가끔 별 이유 없이 멈춰 선다. 그럼 애들도 멈추고 나를 본다. 말 한마디 없이 유대감을 나누는 그 순간이 좋기 때문이다.

🐾 🐾 🐾

그러나 산책이라고 문제가 없겠는가!

비비는 길고양이를 보면 잡으려고 쫓아가고, 파이는 어린아이들을 보면 짖는다. 어디선가 갑작스럽게 큰 소리가 들려도 짖는다. 두 마리가 동시에 그러면 정신이 없다. 처음에는 조용히 하라고 주의를 주면서 나도 덩달아 큰소리를 냈지만, 어느 책에서 큰소리를 내는 건 같이 짖어주는 것과 동일한 것이라는 부분을 읽고 입을 닫았다.

그 뒤로는 수신호로 진정을 시키는 교육을 하고 있는데,

어떤 날은 너무 잘해서 '역시 파이는 천재야' 했다가도 또 다른 날은 '쟨 안 돼, 안 돼' 한다. 칭찬과 체념 사이를 왔다 갔다 한다. 산책이 늘 순조롭지는 않지만 그래도 낙관하고 싶다. 언젠가, 아니 어느새 되겠지. 개가 문제가 아니라 개가 흥분하는 순간을 참지 못하는 내가 문제다. 나는 오늘도 소란을 피우는 파이에게 손바닥을 펴서 보여준다. '괜찮아'라는 신호다.

옛날의 개, 오늘의 개

　개를 키우는 일이 쉽지 않다는 건 알고 있었다. 막상 키워보니 그간 내가 알고 있었던 어려움은 표면적이고 피상적인 것이었다. 수의사로 일하면서 개를 충분히 알고 있다고 생각했지만, 개를 키우는 일은 개에 대한 지식과는 완전히 별개였던 것이다. 꾸준한 교육을 통해서 해결 가능한 문제도 있었지만 그렇지 못한 것도 많았다. 주로 나의 감정적인 문제였다. 개 키우는 일이 이렇게 힘든 일이었던가를 생각하다가 문득 어린 시절 집에서 키우던 개들이 떠올랐다.

🐾　🐾　🐾

　유년기에는 마당이 있는 주택에서 살았다. 마당에는 늘

개가 있었다. 그땐 좀도둑이 많아서 방범용으로 개를 키우는 집이 많았다. 처음 집을 사서 이사할 때 부모님의 지인이 개 한 마리를 선물했고, 그 개를 시작으로 우리 집 마당에는 여러 마리가 그들의 시대를 살다 갔다. 덩치가 매력적이던 메리, 나만 보면 누울 자세를 먼저 취하던 해피, 생김새는 멋지지만 다리가 짧아서 어딘지 어색했던 백구. 이름만 보면 어쩜 그리 개성 없이 지었을까 싶지만, 그때는 사람 이름도 그리 성의껏 짓지 않던 시대였다.

개들이 나이가 들면, 지금으로 치면 젊은 나이지만, 엄마는 어딘가로 전화를 했다. 얼마 뒤 주름이 깊게 팬 초로의 아저씨가 낡은 오토바이를 타고 와서는 우리 집 개를 녹슨 철제 우리에 넣고 사라졌다. 보통 이 일은 내가 학교에 간 사이에 벌어졌으나 하굣길 집 앞에서 한 번 목격한 적이 있다. 엄마에게 안 보내면 안 되느냐고 울먹이며 사정했지만, 나이 든 개는 사람 말을 다 알아들어서 같이 살면 안 된다는 엄마의 이상한 논리에 설득돼서 개의 삶이란 원래 그런 것이구나 했다. 얼마 뒤 새 강아지가 왔고, 오토바이 타고 떠난 나이 든 '헌 개'는 금세 잊혔다. 하지만 그 오토바이 짐칸에 놓인 녹슨 우리 안에서 고개를 숙인 채 나를 쳐다보던 개의 처량한 눈빛은 아직도 생생하다. 그때를 떠올리면 여전히 목울대가 아리다.

　마당에 살았던 우리 집 개들은 자유로웠다. 마당에서도 그랬고, 대문 밖으로도 자유자재로 나갈 수 있었다. 요샌 거의 없지만, 그땐 동네에 돌아다니는 개가 많았다. 도보로 30분 걸리는 시장에서 우연히 우리 집 개를 만나는 날도 있었다. 멀리 가도 집을 잘 찾아왔다. 다만 며칠씩 외박을 하고 들어온 경우에는 며칠 동안 외출 금지가 내려졌다. 나가서 뭘 했는지는 알 수 없다. 추정해보자면, 여기저기 냄새 맡고, 제사 지낸 집 문밖에 놔둔 사잣밥을 먹기도 했을 것이고, 옆집 개와 만나서 뒷산으로 소풍을 가기도 했을 것이다. 암컷 개는 발정기 때 나가서는 어김없이 새끼를 배어 돌아왔다. 너무 여러 번 새끼를 배서 애처로운 마음이 들기도 했거니와 새끼들을 감당할 수가 없어서 발정기 때는 집에 묶어두었지만, 소용없었다. 어떻게든 임신을 했다. 착한 메리는 갓 낳은 새끼들을 만져도 귀를 뒤로 젖힌 채 배를 보였다. 엄마는 메리를 위해 소고기 미역국을 끓였다.

　개라는 동물을 정말 좋아했지만, '개는 개'라고 생각했다. 그 당시 사람과 개의 관계는 일종의 고용 관계였다. 개는 큰 목소리와 으르렁거림으로 집을 지키고, 사람은 그 보답으로 밥을 줬다. 그리고 당시의 개에게는 인간이 관여하지 않는 자기 삶이 있었다. 개와 사람이 각각 쓰는 공간도 분리되어 있었다. 유년기의 나는 이렇게 생각했다. '어떻게 집 안에서 개를 키워?'

그로부터 약 30년이 지난 지금, 대부분의 개가 집 안에서 산다. 잔반 대신 질 좋은 사료를 먹고, 추운 바깥이 아니라 깨끗하고 푹신한 매트에서 잠을 잔다. 생활의 질이 좋아진 대신 규칙도 생겼다. 정해진 장소에서 대소변을 봐야 하고, 집에 낯선 사람이 들어와도 짖으면 안 된다. 이도 닦고, 목욕도 자주 한다. 이제는 혼자 나갈 수도 없다. 나가더라도 항상 줄에 묶인 채 보호자와 함께 움직여야 한다. 보호자가 재촉하는 탓에 좀 더 냄새를 맡고 가고 싶어도 그럴 수가 없다. 길에서 낯선 개를 만나도 탐색의 시간을 충분히 가질 수 없다. 마당에 살던 개가 누렸던 자유가 지금의 개에게는 없는 것이다.

하지만 사람과 같은 공간을 쓰고, 자유를 일정 부분 반납하고 인간에게 의존하게 됨으로써 개는 인간과 감정적으로 더욱 가까워졌다. 사회적인 변화도 한몫을 했다. 사람들

....

생활의 질이 좋아진 대신 규칙도 생겼다. 정해진 장소에서 대소변을 봐야 하고, 집에 낯선 사람이 들어와도 짖으면 안 된다. 이도 닦고, 목욕도 자주 한다. 이제는 혼자 나갈 수도 없다. 나가더라도 항상 줄에 묶인 채 보호자와 함께 움직여야 한다. 보호자가 재촉하는 탓에 좀 더 냄새를 맡고 가고 싶어도 그럴 수가 없다. 길에서 낯선 개를 만나도 탐색의 시간을 충분히 가질 수 없다. 마당에 살던 개가 누렸던 자유가 지금의 개에게는 없는 것이다.

은 과거보다 더 외로워졌고, 개는 그 외로움을 달래주는 데 큰 역할을 하게 된 것이다.

🐾 🐾 🐾

1인 가구에게 개라는 존재는 특별할 수밖에 없다. 비비, 파이와 같이 살기 전에는 출근해서 동료에게 인사를 건네기 전까지 단 한 마디도 하지 않는 아침이 대부분이었고, 편의점 갈 일조차 없는 일요일에는 입도 뻥긋하지 않은 날도 있었다. 그런 내게 퇴근 후 집에 가면 나를 반기는 존재가 있다는 것, 그리고 아침에 일어나 쌍방향의 대화는 아니더라도 그런 존재에게 몇 마디 말을 건넬 수 있다는 사실만으로도 내 생활은 크게 변했다.

반대급부로 1인 가족은 개를 돌보는 일도 혼자서 해야 한다. 기초 복종 교육도 해야 하고, 질 좋은 먹이를 사줘야 하고, 대소변을 치우고 산책도 시켜야 한다. 교육이란 결과를 장담할 수 있는 일이 아님을 알지만 우리 집 개의 교육은 반드시 성공해야 한다는 압박에 시달리기도 한다.

욕심이 과하니 당연하게 화를 낸다. 개에게 그렇게까지 화가 날까 싶은 사람도 있겠지만, 누구에게도 내지 않던

화를 애들에게 내는 나를 발견했다. 사람 친구 누구도 어지간해서는 볼 수 없는 숨겨진 나의 모습을 날것으로 드러내고 나면 '내가 원래 이런 사람이었구나' 하는 생각에 자괴감이 들기도 했다. 미안해하고 다시 화를 내기를 반복하다가 그래도 사람 아기가 아니라서 다행이라는 생각을 하는 나 자신이 비겁하게 느껴져 도망가고 싶은 날도 있었다.

그동안 누구의 간섭도 받지 않았고, 누구에게 영향을 주는 것도 조심하며 살아왔다. 그런 내가 파이, 비비와 함께 살면서 타자(타견?)와 함께 살아간다는 일의 어려움을 알아가고 있다. 서로 영향을 주고받고 있는 것이다. 서로 영향을 주고받는 상대가 꼭 사람일 필요는 없지 않은가. 오히려 개는 투명해서 나를 잘 비춰준다. 개와 같이 사는 일이 공부가 되는 기분이다. 그나저나 개들은 집 안에 들어와 살면서 더 행복해졌을까?

2장

수의사의 개는 행복할까?

15년 차 수의사와 개

수의사의 개는 행복할까?

비비, 파이 말고 키우는 동물이 더 있다. 병원에서 생활하는 열네 살 앙꼬다. 덩치가 큰 수컷 고양이인데 목소리가 남달라 처음 보는 사람은 무서워하지만 목소리만 그럴 뿐 무척 점잖다.

부모가 의사인 집 아이들이 더 건강할 것 같다고 생각하는 것처럼, 사람들은 수의사가 키우는 동물에 대한 기대감이 있다. 그러나 실상은 좀 다를 수 있다. 고등학교 때 아버지가 의사인 친구가 있었다. 그 친구는 자기가 감기로 아팠을 때 "약을 먹어도 아프고 안 먹어도 아픈 게 감기"라며 "때가 되면 낫는 병이니 그냥 참으라"고 말한 아버지에 대해 불평을 했다.

마찬가지로 수의사의 고양이라는 이유로 앙꼬는 병원에 찾아오는 여러 보호자에게 부러움의 대상이 되곤 하지만 별다른 의료 혜택을 받아본 적이 없다. 병원에 내원한 보호자가 앙꼬를 쓰다듬으며 "너는 좋겠다. 아파도 걱정이 없겠네. 관리를 잘 받아서 건강한가 보다"라고 말할 때면 미안한 마음에 슬쩍 자리를 뜬다. 고맙게도 앙꼬는 지금까지 아픈 적이 없었다. 나의 관리 덕분이라기보다는 타고난 것이다. 너무 무심했다는 생각에 올해부터 노령묘에게 좋다는 영양제를 먹이기 시작했다.

수의사가 개를 키운다는 것은 자연스러운 일 같아 보인다. 나 역시 그렇게 생각했기 때문에 비교적 쉽게 두 마리를 데려왔다(사실 개와 함께 산다는 게 어떤 것인지 잘 몰라서였지만). 개에 대한 기본 상식이 있어서 가슴 철렁할 일이 비교적 적을 것이라는 생각도 했다(그럼에도 많았지만). 그 밖에도 보호자가 수의사라면 저렴한 가격에 사료를 구입할 수 있고, 치료비가 적게 든다는 장점이 있을 것 같다. 하지만 이런 건 수의사가 아니라도 얻을 수 있는 혜택이다. 개에 대한 정보는 여기저기 넘쳐흐르고, 사료 역시 인터넷으로 저렴하게 구입할 수 있다. 아플 때 직접 돌볼 수 있는

게 가장 큰 장점이지만 앙꼬, 파이, 비비는 지금까지 크게
아픈 적이 없었다.

※　※　※

직업이 수의사이기 때문에 개를 키우는 일에 있어서 내
가 만능처럼 보일지도 모른다. 아주 잘하지는 못해도 개와
관련된 대부분의 일을 약간씩은 다 할 수 있기 때문이다.
밥을 주거나 산책을 하는 일반적인 돌봄 활동 외에 기본 훈
련도 시키고, 접종도 직접 하고, 약도 직접 처방해서 먹이
고, 수술도 시킨다(부탁한다). 가끔 미용도 한다. 보통의 개
가 싫어할 만한 일 대부분을 직접 한다. 가끔 애들은 내가
뭐 하는 사람이라고 생각할지 궁금하다(아마 아무 생각 없
겠지만).

대부분 잘하는 것처럼 보일지도 모르지만 대부분 제대
로 못한다. 솔직히 말하자면 나는 그리 좋은 보호자가 아
닐지 모른다. 나는 1인 가구 생활자다. 집에서 해야 할 일
을 나눌 손이 없다. 바쁜 아침에는 전날 다 먹은 밥그릇을
씻지도 않고 바로 사료를 붓기도 한다. 비 오는 날엔 산책
안 가도 돼서 혼자 즐거워하고, 어떤 날은 울면서 산책을

간다. 산책 후 현관에서 물티슈로 애들 발을 닦이면서 매일 산책이 끝나면 발을 씻기고 말린다던 어느 보호자를 떠올린다. 어떻게 매일 그걸 하면서 지치지 않을 수 있는 것일까 하고 궁금해한다. 털을 이상하게 깎아서 비비가 바보처럼 보이기도 하고, 파이의 양쪽 눈에서부터 양 볼로 이어지는 갈색의 눈물 자국이 짙어질 때면 아이패치를 붙인 야구 선수처럼 보일 때도 있다. 가끔 신나게 놀고 난 날은 눈물로 얼굴이 다 젖는다. 그래도 한동안 닦아주기만 했다. 방치는 아니고 조금 덜 적극적으로 대처했다. 병원에 눈물 자국 때문에 내원한 개가 있다면 사료도 바꿔보고, 스트레스 해소를 권하고, 누관(눈물이 흐르는 통로) 세정도 하고, 항생제도 먹였을 것이다. 파이도 결국 이 과정을 다 하긴 했으나 천천히 진행했다. 게을러서 미룬 것은 아니었고 늘 뭔가 그보다 급하다고 생각되는 다른 문제를 해결하려고 애쓰다 보니 눈물 정도는 뒤로 밀린 것이다(변명이다).

내가 수의사가 아니라면 어떻게 개를 키웠을까? 힘들 때면 파양도 고려해봤을까? 열혈 보호자가 됐을지도 모른다. 첫눈에 반한 강아지를 데려와서 금이야 옥이야 애지중지했을 것이다. 질 좋은 사료를 사서 먹이고, 가끔 한우를 구워

줬을지도 모른다. 계절별로 예쁜 옷을 입히고 다양한 간식도 먹였을 것이고, 정기적으로 애견 미용실에 다니면서 예쁜 푸들 미용을 했을 것이다. 심장사상충 예방 날이라고 동물병원에서 문자가 오면 날짜에 맞춰 가서 선생님에게 궁금한 걸 물어보고, 개를 키우는 어려움을 토로하거나 우리 애가 얼마나 예쁜지 모른다며 자랑도 했을 것이다. 애들이 아프면 좀 더 진료를 잘 보는 병원을 찾으려고 했을 것이고, 혹여 잘 낫지 않는다면 병원에 거세게 항의를 했을지도 모른다.

현실에서는 애들을 키우는 데 수의사로서의 정체성(보호자에게 말하는 것을 내 자신도 지키려고 함)과 내 성격적인 부분(규칙은 지키고자 하는 고지식함)이 복합적으로 작용했다. 처음 애들이 왔을 때 애들을 보는 눈빛부터 달랐다. 막 개를 데려온 보호자의 눈에는 사랑과 감탄이 가득 차 있기 마련이지만, 나는 이 상황을 조금 더 이성적으로 받아들였다. 애정 표현도 아꼈다. 좋아하지 않은 게 아니라 독립적으로 자라길 바랐기에 눈과 마음으로 예뻐했다. 많이 안아주지도 않았고, 내가 정한 놀이 시간 이외에는 둘이 놀도록 했다.

처음 닭을 삶아서 준 날 애들 표정이 이랬다. "이렇게 맛있는 음식도 있었어?" 그런 날은 지금도 흔치 않다. 처음부터 그랬다. 먹을 것을 다양하게 주지 않았다. 아침에 일어나서 개껌 하나, 하루에 사료 두 번, 훈련할 때 주는 작은 과자 몇 조각이 다였다. 강아지 때 여러 음식에 노출될 경우 구토, 설사 등의 소화기 질환이 발생할 가능성이 높고, 또한 사료에 대한 기호성이 떨어져 사료를 잘 안 먹게 될 수 있다. 그래서 음식을 제한해서 줬다. 내가 주는 음식이 무엇이든 늘 잘 먹기를 바랐다. 밥그릇에 늘 있는 사료는 애들이 한결같이 반길 만한 끼니가 될 수 없기에 바로 안 먹으면 치워버리려다가, 집이 군대도 아니고, 그렇다고 사료를 안 먹는 것도 아니니 그건 그냥 두기로 했다. 보통은 퇴근하고 집에 오면 그릇이 비어 있다. 지금까지 둘 다 이빨도 깨끗하고, 구토나 설사도 해본 적 없이 건강하지만 솔직한 내 감정은 '아, 뿌듯해'가 아니라 어딘가 삭막하다는 느낌이다. 새로운 음식을 신나게 먹고 구토, 설사도 해봐야 하는 것은 아닐까 하고 의구심이 들기도 한다.

　　접종 시기가 되면 직접 애들한테 주사를 놓는다. 주사 바늘을 찌르면 애들이 정말 깜짝 놀라며 나를 쳐다본다.

대체 뭐 하는 거냐고 항의하는 것 같다. 보통 동물병원에 내원하는 개들은 이미 이곳이 심상치 않은 곳이라는 걸 인지하고 온다. 대부분 긴장한 상태지만, 낯선 사람(나)이 좀 아프게 해도 든든한 보호자가 옆에 있어서 위로를 받는 듯하다. 나한테 안겨 있을 때는 얌전하다가 보호자에게 넘겨주자마자 나를 향해 으르렁거리는 건 믿을 만한 곳이 생겼다는 뜻이 아니겠는가. 우리 애들에게는 없는 경험이다.

가끔 이물을 먹고 온 환자에게 구토시키는 약을 먹일 때가 있다. 치료 과정의 하나라고는 해도 힘겹게 토하는 모습을 볼 때면 늘 마음이 불편하다. 우리 애들이 아프다면 그 안쓰러움은 더할 것이다. 애들이 아프면 내가 치료를 해야 한다. 직접 피를 뽑고 주사를 놓고 혹은 더 아픈 처치를 해야 할 때 자기를 돌봐주어야 할 보호자가 자길 더 아프게 한다고 생각하진 않을까 하는 걱정이 들기도 한다. 마음이 쓰리고 애들이 걱정되는 와중에 이성적인 판단도 해야 한다. 가끔 악역은 다른 선생님이 했으면 하는 마음도 들지만 그렇다고 이 애들을 다른 병원에 보내는 것도 이상한 일이다. 결국 내 손으로 다 해결해야 한다. 이건 조금 잔인한 현실이다.

....

동물병원에 내원하는 개들은 이미 이곳이 심상치 않은 곳이라는 걸 인지하고 온다. 대부분 긴장한 상태지만, 낯선 사람(나)이 좀 아프게 해도 든든한 보호자가 옆에 있어서 위로를 받는 듯하다. 나한테 안겨 있을 때는 얌전하다가 보호자에게 넘겨주자마자 나를 향해 으르렁거리는 건 믿을 만한 곳이 생겼다는 뜻이 아니겠는가. 우리 애들에게는 없는 경험이다.

🐾 🐾 🐾

더 먼 미래에 대해서도 생각한다. 나중에 애들이 나이가 들어서 정기 검진을 했을 때, 검사 결과에서 어떤 심각한 문제를 처음 발견하게 될 사람이 나라는 것도 유쾌한 일은 아닐 것 같다. 아이가 아픈데 차일피일 병원 방문을 미루다가 뒤늦게 데려와서 위중한 병으로 진단받게 되었을 때 자책감에 힘들어하는 보호자가 종종 있다. 수의사의 경우 자기 개의 질병을 뒤늦게 발견했다면 자책감은 더 클 수도 있다.

아니다, 의외로 냉정할 수도 있겠다. 환자들의 아픔과 고통에 공감하면서도 때가 되면 이성적으로 상황을 정확하게 보호자에게 설명하는 것도 수의사의 역할 중 하나다. 그래서 애들이 위중한 상태에 있을 때에도 그렇게 마음을 먹게 될지 모른다. 적정선을 딱 지켜서 말이다. 나를 냉정하다 할지도 모르겠다. 하지만 이중 잣대를 갖는 게 더 힘들다. 개들이 죽거나 안락사를 한 뒤에 보호자에게는 잘 갔을 거라고, 지금 보내주는 게 애한테 더 나은 일이라고 위로하면서 나는 그렇게 생각하지 못한다면 일에서 괴리감이 생길 것 같다.

나는 왜 벌써부터 미래의 감정을 걱정하는 것일까. 그냥 마음 가는 대로 좋을 땐 엄청 좋아하고, 아플 땐 엄청 슬퍼하면 안 되나? 내 직업이 문제인 것일까, 아니면 스스로를 아직 완벽한 보호자라고 생각하지 않기 때문일까? 내가 누구인가, 내가 이 애들에게 어떤 역할인가를 생각할수록 나는 의심스러워진다. 수의사의 개는 정말 행복할까? 이렇게 걱정이 많은 사람과 살고 있는데, 정말 행복할까? 혹시 나는 괜한 걱정을 하는 것일까?

　애들은 활발하게 잘 놀고 건강하다. 정서도 안정적이다. 이제는 말도 잘 듣고, 모든 일에 수긍하는 태도를 보인다. 내가 수의사여서 이렇게라도 키웠을지도 모르고 아닐지도 모른다. 훗날 애들이 질병에 걸리고 그로 인해 힘들더라도 그건 내 몫의 일이기에 보호자이자 수의사로서 책임을 지고 잘 해결할 생각이다. 내가 어떤 태도를 취할지 그건 미래의 나만이 알겠지만 아마도 그를 통해 한 걸음 더 나아갈 것이고, 그것은 내가 보호자를 더욱 이해하는 계기가 될 것이다.

　보호자의 직업이 무엇인지 개들은 관심이 없다. 내가 주사 바늘을 찌르면 애들이 깜짝 놀라긴 하지만 애들은 알고 있을 것이다. 내가 자기를 해치지 않을 것임을 말이다.

저 회사 다녀요

　허리 통증이 생긴 뒤로 여러 운동을 시도해봤지만 늘 금방 느슨해졌다. 대안을 찾다가 운동을 체계적으로 배우고 싶기도 하고 약간의 강제성도 있으면 해서 PT를 시작하게 됐는데, 어느새 개인 트레이너와 3년째 운동을 지속하고 있다.

　운동은 시간이 지나도 똑같이 힘들다. 또는 갈수록 더 힘들다. 그 힘든 운동 틈틈이 트레이너와 그날의 뉴스부터 각종 건강 정보까지 사소한 얘기를 나누는데, 그 시간을 좋아했다. 그런 별스럽지 않은 평범한 대화가 그날 겪은 업무 스트레스를 해소해주기도 했고, 나와 트레이너의 관계를 더 가깝게 만들어주기도 했다. 그러다가 어느 정도 시간이 흘렀을 때 자연스럽게 일 얘기가 나왔다. 내 직업을 묻길래 나는 평범한 직장인이라고 답했다. 밖에서 일하는 사람이면 직장인이니까 거짓말한 것은 아니라고 생각했다. 두루뭉술하게 돈 버는 어려움에 대해서 토로하기도 했다. 그렇게 일주일에 두 번 트레이너를 만나 가볍고 경쾌한 대화를 나누며 운동을 했다. 소소한 즐거움이었다.

　작년이었다. 운동복으로 갈아입고 나오는데 누가 인사를 건넸다. 고개를 돌려보니 얼마 전에 병원에 내원했던 보호자가 긴가민가했는지 "동물병원 선생님 아니세요?" 하고 조심스럽게 물어왔던 것이다. 복장 때문일까. 밖에서 보호자를 마주치면 나를 몰라보는 경우가 왕왕 있다. 살짝 당황했지만 미소를 지으며 "아, 안녕하세요? ××는 잘 지내나요?"라고 보호자가 키우는 개의 안부를 묻는 짧은 대화를 나눈 뒤에 최대한 자연스럽게 트레드밀에 올랐다. 병원 밖에서 보호자를 만나는 순간은 늘 어색하다. 내 못난 성격이 여실히 드러나는 것 같아서 속상한 마음도 든다. 우리 사이에 동물이 있어서일까. 병원에서는 그럭저럭 사교적인 수의사가 될 수 있지만 밖에서는 그게 잘 안 된다. 병원에서만 사용하는 페르소나가 있는 것 같다. 퇴근할 때 보통 두고 나오니까 일상에선 민낯인 것이다.

그때 트레이너가 의아한 표정으로 와서 "회사 다닌다고 하지 않았어요?" 하고 물었다. 난 멋쩍게 웃으며 "동물병원도 일종의 회사죠"라고 궁색한 변명을 했다. 왜 정확히 말하지 않았는지 궁금했을 텐데 질문을 더 하지는 않았다. 그 뒤로 종종, 아니 내가 느끼기엔 매번 수업 시간마다 트레이너는 내게 개와 관련된 질문을 했고 나는 무심한 태도로 답변했다. 속으로 '아, 같이 운동하는 것에 익숙해졌는데 이제 그만둬야 하나' 하고 생각했는데, 트레이너도 내 반응이 그리 좋지 않음을 눈치챘는지 언젠가부터 더는 묻지 않았다. 다행히 나는 여전히 그 트레이너와 운동 중이다.

🐾 🐾 🐾

내 행동이 이상하다는 생각이 들 수도 있다. 내가 봐도 이상하니까. 왜 이런 건지 곰곰이 생각해보았다. 처음부터 그랬던 건 아니다.

언젠가부터 퇴근하고 나면 개, 고양이 얘기는 하고 싶지 않았다. 집에 들어와서는 동물이 나오는 TV 방송도 보지 않았다. 병원을 떠난 시간에는 동물에 신경을 끄고 싶었다. 그만큼 일에서 스트레스를 많이 받는다는 뜻이다. 동물병원에서 일하면 귀여운 동물을 많이 볼 수 있어서 좋겠다고 생각하는 사람이 많다. 그건 나도 인정하는 일터의 좋은 점이긴 하다.

하지만 동물병원 일은 그게 다가 아니다. 말 못 하는 동물의 질병을 진단하고 치료하는 일은 녹록지 않다. 우선 개나 고양이가 늑대나 호랑이처럼 사나운 경우도 있어서 안전에 주의해야 한다. 진단이 명확하게 내려지고 치료가 원활하게 잘 되면 일에 대한 성취감도 크지만, 여러 검사를 해도 원인을 찾지 못할 때도 있다. 그 사이 환자 상태가 악화되면 몹시 안타깝기도 하고, 혹 내가 뭔가를 놓친 것은 아닌지를 고심하게 된다. 무능하다는 생각에 자책감이 심할 때는 모든 질환을 내가 낫게 할 수 없다고 스스로를 다독이기도 한다. 그건 너무 큰 욕심이고 오만이라고 말이다.

개들이 아프면 스스로 병원에 오는 게 아니니 당연하게 많은 사람을 만나게 된다. 개나 고양이를 키운다는 것 외에는 접점이 없을 수 있는 다양한 인간 군상을 만나는 일은 때때로 큰 스트레스가 된다. 수의사를 존중하고 신뢰하는 보호자도 많지만, 돈만 밝히는 장사꾼으로 아는 사람도 적

....

언젠가부터 퇴근하고 나면 개, 고양이 얘기는 하고 싶지 않았다. 집에 들어와서는 동물이 나오는 TV 방송도 보지 않았다. 병원을 떠난 시간에는 동물에 신경을 끄고 싶었다. 그만큼 일에서 스트레스를 많이 받는다는 뜻이다. 동물병원에서 일하면 귀여운 동물을 많이 볼 수 있어서 좋겠다고 생각하는 사람이 많다. 그건 나도 인정하는 일터의 좋은 점이긴 하다. 하지만 동물병원 일은 그게 다가 아니다.

지 않다. 매번 의심의 눈초리로 수의사를 대하는 사람들을 만나서 대화를 하고 나면 에너지 고갈이 심하다.

어느 정도 경력이 쌓여서 보호자를 대하는 요령이 생기긴 했지만 그래도 여전히 힘들다. 가끔은 억울하다는 느낌이 강하게 들기도 한다. 아주 좋은 관계를 유지하던 보호자라도 관계가 틀어지는 건 한순간이다. 인턴 때부터 듣던 말이 있다. "보호자를 믿지 마라." 요새도 되새길 때가 있다. 그러면 사람에 대한 실망감을 좀 덜어낼 수 있기 때문이다. 보호자만 수의사에 대해 실망하는 게 아니다. 수의사도 보호자에게 실망을 하고, 그들에게서 상처를 입는다.

병원을 나와 누군가를 만날 때, 내가 수의사라는 사실을 알게 되면 상대가 자기 집 개의 질환이나 어떤 행동학적 특이점에 대해서 설명하면서 왜 이러냐고 묻는 경우가 많다. 대개 촌각을 다투는 문제는 아니기도 하고 실제로 잘 모르기도 해서 나는 잘 모르겠다고, 다니는 동물병원에 문의하는 것이 가장 정확할 것이라고 답한다. 이런 대화가 아예 시작되지 않도록 누가 직업을 물으면 "회사 다녀요. 영업직이에요"라고 말하기도 했고(병원에서 사료 판매를 하니까), 그러다 그것도 싫어져서 새로운 사람들은 만나지 않았다.

이것이 트레이너와 나누던 운동이나 뉴스 같은 일상적이고 사소한 대화가 즐거웠던 이유였고, 차후에 운동을 그만둬야겠다는 생각을 하게 만든 이유였다.

당연히 모든 수의사가 나 같지는 않다. 이것은 내 성격적 특징에 업무 스트레스가 더해져서 생긴 개인적인 문제다. 굳이 이 얘기를 쓰는 이유는 이대로 사람들을 피하면서 나를 고립시켜서는 안 된다고 느꼈기 때문이다. 병원을 나와서도 동물 얘기를 계속하고 싶지는 않지만, 그렇다고 높은 담을 쌓고 사는 괴상한 수의사가 되고 싶지도 않다. 하지만 내 성향을 바꿀 효과적인 방법도 모르겠다. 그냥 한번 털어놓는 것이다.

🐾 🐾 🐾

뜬금없는 이야기를 좀 해보자면, 나는 운전면허를 늦게 취득했다. 친구들의 표현을 빌리자면 "트럭도 몰 것 같은 애"가 면허도 없이 긴 세월 보행자로 살았다. 면허를 따고 나서도 운전이 너무 무서웠다. 드라이브가 취미라는 사람을 이해할 수 없었다. 그래도 포기하고 싶지 않아서 억지로 매일 운전을 했는데, 그러다 깨달은 게 있다. 운전자가 되고 보니 보행자의 입장이 달리 보였다는 점이다.

전에는 '차보다 사람이 우선이다, 설마 차가 나를 치고 가겠어?'라고 생각했다면, 면허를 딴 뒤로는 '내가 사람을 칠 수도 있겠구나' 싶었다. 보행자로서 과거의 내 행동이 부주의했다는 것도 알게 되었다. 보행 신호등이 아닌 차량 신호등을 보고 미리 횡단보도에 진입한다든지, 주차하는 차가 후진 중일 때 그저 내 갈 길을 간다든지, 횡단보도 앞도로에 바짝 붙어서 신호가 바뀌기를 기다린다든지 하는 것들 말이다. 운전에 익숙해진 요새는 보행자 입장이 될 때면 멀찍이 물러서서 신호가 바뀌기를 기다리고, 차를 먼저 보내고 움직인다. 단순 보행자에서 이제 운전하는 보행자가 되고 보니 생각도 행동도 달라진 것이다.

미숙하지만 나는 이제 개를 키우는 보호자이다. 수의사가 아닌 보호자의 입장이 되어보는 일이 내 직업에 대해서 스트레스를 받지 않고 자연스럽게 받아들이는 것에 도움이 될지도 모른다는 생각을 해본다. 애들이 나를 도와주길!

고민 많은 15년 차 내과 수의사

1.

15년 차 수의사다. 개와 고양이만 진료한다. 동물병원을 개원하고 얼마 안 돼서 "슈가글라이더 진료 보나요?" 하고 문의 전화가 왔다. 개와 고양이 진료만 한다고 답했다. 전화를 끊고 슈가글라이더가 뭔지 찾아봤다.

2.

내과 진료만 본다. 수술은 말로만 한다. 어느 날 외과 선생님에게 "이 담관 떼어서 저기다 붙여주세요" 했더니 어이없는 표정으로 그게 말처럼 쉬운 줄 아느냐고 했다. 그 환자는 수술 후 잘 회복되었다.

3.

알레르기 비염 환자다. 병원에서는 늘 마스크를 쓰고 있다. 고양이의 털, 비듬 등 외부 물질을 차단하기 위한 목적도 있지만, 더불어 불시에 흐를지 모르는 맑은 콧물을 숨기기 위해서다. 특히 강한 알레르기 반응을 일으키는 개와 고양이가 있다. 그럴

땐 재채기를 연달아 하다가 "잠시만요" 하고 진료실 밖으로 달려 나가 코를 푼다. 다시 진료실에 들어가면 비염 있는 수의사를 보는 보호자의 눈에 애처로움이 가득하다. 좀 머쓱해진다.

4.

앙꼬라는 열네 살 고양이와 함께 살았다. 고양이라는 존재의 사랑스러움을 처음 알게 해준 친구다. 앙꼬와 살면서 비염이 점점 심해졌고, 나중에는 천식 증상 때문에 누워 잘 수가 없어서 벽에 기대 앉아서 잤다. 앙꼬는 현재 병원에서 살고 있다. 의외로 병원 생활에 적응을 잘하여 여러 보호자의 사랑을 듬뿍 받는다. 나는 종종 앙꼬와 닮았다는 얘기를 듣는다. 앙꼬의 체중은 7kg에 조금 못 미친다. 비만 고양이를 데리고 찾아온 보호자에게 건강을 위해 살 빼야 한다고 설명할 때 큰 효력이 없음을 느낀다. 정말 사료만 줘요.

5.

집에 책이 많다. 책은 원래 나중에 보려고 사는 거라고 생각한다. 가끔 집에 불이 나면 '활활 잘 타겠다'는 생각을 한다.

6.

혼자 산다. 책 속의 주인공과 음악이 내 친구라고 생각한다. 혼자 사는 삶의 고단함을 잘 알지만, 그렇다고 누군가를 잘 돌볼 성격이 아니라는 것도 잘 안다.

7.

사주를 보면 보통 성격 아니라고 입 모아 말한다. 하지만 내가
생각하기엔 엄청 여리다. 좋은 성격이 아닌 것을 알고 있어서
'좋은 사람이 되자'가 인생 목표다.

8.

여행을 좋아한다. 아무도 모르는 곳에 가서 혼자 있기를 즐겨
했다. 그동안 충분히 했기 때문일까. 요샌 여행이 좀 귀찮아졌
지만 그래도 휴가라면 이탈리아 시골 마을에서 적어도 6주는
보내야 제맛이 아닌가 하고 생각한다.

9.

나름 미식가이자 술에 박식한 편이다. 거짓말 조금 보태서 간
판만 보면 맛집인지 아닌지 알 수 있다. 선호하는 주종은 없다.
술은 음식에 따라 달라진다. 지금은 체력 저하로 예전 같지 않
다.

10.

개는 머릿속에서만 키울 생각이었다. 그러다 계획에도 없던 일
을 저질렀다.

짜이 소개

시끄러운 작은 개

1.

2017년 4월 출생으로 추정.

2.

머리가 작고 팔다리가 긴 모델 스타일의 흰색 암컷 푸들. 평생
2kg을 넘어본 적이 없음. 푸들 미용을 하면 아주 잘 어울리지
만, 관리하기 힘들어서 전신 3mm 미용을 하고 있음. 밖에서
소변을 보고 뒷발로 흙을 힘차게 차는 터프한 면도 있음.

3.

한때 똥을 먹었음. 요샌 안 먹거나 안 들키게 먹는 방법을 터득
했거나.

4.

맨바닥에 앉지 않음. 쿠션 위에 담요를 깔아주면 담요 위가 아
니라 담요 아래에 들어가서 덮고 잠.

5.

자기가 방치되고 있다는 느낌이 들면 짖거나 거실 한가운데 똥을 눔. 자기 감정을 표현하는 스타일.

6.

목청이 타고난 데다 겁도 많아서 갑자기 엄청 크게 짖는 스타일. 짖을 때마다 주위 사람들이 깜짝 놀람. 특히 어린아이와 할머니를 보고 짖어서 당황스러울 때가 많음. 평생 교육이 필요한 부분.

7.

큰 소리로 뭐라고 하면 엄청 무서워하는 것 같은데 돌아서면 개의치 않고 하던 바를 함.

8.

내 표정을 잘 읽음. 눈치가 빠름. 얄미울 때가 있음.

9.

하염없이 나를 핥아줌. 개의 침은 냄새가 안 나서 다행(사람과 달리 소화 효소가 없어서 안 남). 열심히 이를 닦이고 있음.

비비 소개
통통한 겁쟁이

1.

2017년 4~5월 출생으로 추정. 파이보다 2~3주 정도 늦은 어느 날에 태어난 것으로 추정.

2.

어릴 때부터 머리 크고 팔다리 짧은 수컷 푸들. 현재 4.5kg, 정상 체중인데 뚱뚱해 보임. 비비의 체중이 파이와 비슷할 땐 둘을 보고 쌍둥이냐고 묻는 사람들이 있었는데, 다 자라고 나서는 비비가 파이 엄마냐고 물어봄. 쌍둥이냐는 질문에 개는 모두 일종의 쌍둥이 아니냐고 답하기는 좀 그래서 심플하게 친구 사이라고 말해줌. 엄마냐고 물어볼 때도 친구라고 함.

3.

애초에 실버 푸들로 분양을 받았다고 함. 어릴 때 사진에서는 까만색 털이 전신을 뒤덮고 있었으나 내가 데려올 때쯤엔 귀 끝에만 검은 털이 있더니 이제는 흔적도 없음. 하얀 푸들도 아니고 실버도 아니고 이제 누런 푸들.

4.

잠잘 때 머리는 쿠션 밖으로 내밀어 머리에 피가 쏠리게 누워야 '꿀잠' 자는 스타일.

5.

소변 볼 때 한쪽 다리만 뒤로 살짝 들고 자세 낮춰서 눔. 영역 표시 안 함. 똥은 돌아다니면서 눔.

6.

겁이 완전 많음. 밤중에 낯선 골목길을 같이 지나간 적이 있는데, 자주 멈칫하는 모습이 눈에 띔. 어느 날 비닐이 바람에 날렸는데 소스라치게 놀라는 걸 목격함. 개들이 나를 지켜주는 건 기대하지 말아야겠다고 생각함.

7.

취미 공놀이, 특기 공놀이.

첫 환자

어떤 일이건 처음은 늘 떨린다. 2005년 수의사 국가고시에 합격하고 수의사 면허증을 받았다. 진료를 보는 일은 멀고 먼 훗날의 일이었다. 그저 학생에서 수의사로 이름표만 바꿔 단 것이다. 그래도 마음은 달랐다. 그때부터가 제대로 된 시작이라고 느꼈다. 나도 환자를 만날 수 있는 사람이 되었다. 나는 대학 병원 인턴으로 수의사로서의 첫발을 내디뎠다.

첫 환자 이야기를 하기 전에 가슴 떨리던 첫 문진 얘기를 먼저 해야 할 것 같다. 당시 모 회사에서 만든 일부 사료의 원료가 곰팡이에 오염된 탓에, 곰팡이가 생산한 독소가 사료에 함유되어 그걸 먹은 동물에게 신부전을 유발했다는 발표가 있었다. 그래서 신부전증 환자가 많이 내원했다. 환자의 유형이 비슷했기에 선배들은 1년 차 수의사들에게 보호자를 만나 문진을 할 기회를 주었다.

많이 떨렸다. 선배들의 진료를 도와주면서 보호자와 간단한 대화를 나눈 적은 있지만 진료실에 앉아서 1:1로 보호자를 만나는 경우는 처음이었다. 문진을 하는 내 뒤에 쭉 서있던 여러 명의 선배와 동기 때문에 더 초조했다. 처음에는 원래 다 같이 들어가는 것이라며 줄줄이 구경을 하러 따라왔다. 여러 사람 사이에서 너무 긴장했던 날이라서 보호자의 얼굴도, 환자의 이름도 기억나지 않는다.

보호자가 진료실에 들어와 자리에 앉았고, 나는 문진표의 순서대로 여러 가지 질문을 하고 보호자의 답변을 전자차트에 기록했다. 지금 생각해보면 대단한 일도 아니었다. 하지만 처음 해보는 말, 예를 들어 "어디가 아픈가요?"라는 그 당연한 말도 어렵고 낯설던 때였다. 무사히 문진을 마친 후 선배들은 내 말투에 대해 얘기하며 웃기도 했지만, 보호자와 소통하는 일에 있어 보충할 점을 구체적으로 지적해주었다. 그땐 마냥 쑥스럽고 부끄럽기만 했는데 지나고 보니 선배들은 든든한 지원군이었다. 그 뒤로 나 역시 후배들이 첫 문진을 할 때면 우르르 동료 무리를 끌고 들어가 뒷배경이 되어주었다.

그때 내가 있던 대학 내과 병원에는 매일 오전 8시 30분에 조회가 있었다. 교수님들과 모든 내과 진료진이 모여서 환자 상태를 논의하고 당일의 일정을 점검하는 시간이다. 어느 날 조회 시간에 나를 비롯한 동기들에게 초진 환자를 보라는 교수님의 명이 떨어졌다. 우리는 묘한 기대감과 설렘에 들떴다. 호들갑을 떠는 친구도 있었고, 드디어 기회가 왔다며 회심의 미소를 짓는 사람도 있었다. 담당의는 우리들이었지만, 모든 의견과 결정 뒤에는 팀장님과 교수님이 있었다. 생각해보면 그때가 가장 편하고 즐겁게 진료를 봤던 시기였다. 나보다 많은 지식과 경험을 쌓은 수의사들과 대화를 통해 문제를 해결할 수 있다는 것은 엄청난 행운이기 때문이다.

🐾 🐾 🐾

첫 환자는 포인터였다. 아쉽게도 이름은 기억나지 않는다. 사냥개답게 늘 활발했는데 며칠 전부터 밥을 잘 안 먹고 활동성도 많이 떨어졌다고 했다. 나는 혈액 검사와 방사선 촬영, 초음파 검사를 권했지만, 보호자는 비용상의 문제로 일단 수액 처치만 받겠노라며 입원을 시키고는 돌아갔다. 개를 많이 키워본 보호자는 스스로 진단을 내리고 치료를 결정하는 경우가 있어서 수의사로서 난감한 경우가 왕왕 있다.

팀장님과 꼼꼼히 신체검사를 했지만 뚜렷한 통증 부위가 확인되지 않았다. 우선 증상에 맞는 처치를 하며 지켜보기로 했다. 첫 환자였기에 아이 앞을 쉽게 떠날 수 없었다. 그때 왜 그런 생각을 했는지 모르지만, 한참을 지켜보다가 확실히 큰 문제가 있다는 생각이 들어서 방사선과 선생님에게 부탁해서 간이로 초음파를 봤다. 초음파를 확인하자마자 문제가 보였다. "복수가 있네. 양상이 지저분한 걸로 봐서 출혈이나 장 파열 같은 것일 수 있겠다." 주사기로 복수를 뽑아보니 장 내용물의 유출이 가장 의심됐다. 그래서 팀장님을 찾았다. 팀장님은 당장 보호자에게 전화를 걸어 수술 동의를 받고, 수술에 들어갈 인력이 있는지 외과에 확인해보라고 했다.

외과에는 다행히 수술을 할 선생님들이 있었고, 대기를 하고 있는 상황이었다. 그러나 아무것도 진행할 수 없었다.

그날 보호자에게 건 전화가 100통은 족히 될 것이다. 그렇게 전화를 걸어도 받지 않았다. 그 와중에 갑자기 환자 상태가 안 좋아지기 시작했다. 어떤 원인에 의해 장이 파열되었고, 그 때문에 세균성 복막염이 생겼을 것으로 추정되었다. 수액을 더 주고, 항생제도 여러 종류를 쓰고, 컨디션을 유지시키기 위해 노력했다.

그런 위중한 상태였는데도 녀석은 기운 없이 쓰러져 있다가도 사람이 다가가면 꼬리를 치며 일어서서 반겨주려고 했다. 그때 녀석의 얼굴은 아픈데 안 아픈 척을 하며 억지 웃음을 짓는 것처럼 보였다. 나도 모르게 "일어나지 마"라는 말이 입 밖으로 흘러나왔다. 참을성이 강한 사람이 병을 키우듯이 동물의 경우에도 다르지 않았다.

새벽이 되었지만 보호자에게서 연락은 없었고 환자의 상태는 급격히 나빠졌다. 받지 않을 줄 알면서도 계속 전화를 걸었다. 새벽 5시 정도가 되었을까. 환자는 쇼크 상태에 빠졌고, 심폐소생술을 실시했으나 소생하지 않았다. 그때의 허망함이란 이루 말할 수 없었다. 연락이 닿지 않는 보호자에게 사망했다는 내용으로 문자 메시지를 보냈다.

한두 시간 잠을 잤을까. 다시 하루가 시작되었다. 아침

회의 시간에 환자 사망 경위를 보고했다. 점심시간이 가까워서야 보호자와 연락이 되었고, 오후에 그 보호자의 딸이 내원했다. 내원하자마자 왜 수술을 하지 않았느냐는 말을 시작으로 큰소리를 냈다. 대기실에 있는 수많은 보호자의 시선이 내게로 꽂혔다. 무척 당황했지만 침착하게 설명을 했다. 수술은 보호자의 동의 없이 진행될 수 없으며, 검사 비용이 비싸다며 혈액 검사도 하지 않았기 때문에 수술을 할 것이라는 확신도 없었노라고 얘기했다. 그래도 보호자는 막무가내였다. 나중에는 개가 죽었으니 비용은 낼 수 없다고 했다.

소란스러운 상황은 계속되었다. 너무 억울하고 화가 났다. 당신들 책임이 더 큰 것 아니냐고 말하고 싶었다. 내 첫 환자를 그렇게 보내고 싶지 않았다고 말이다. 우여곡절 끝에 결제를 하고 떠난 아이를 데려가면서도 보호자는 끝내 싸늘한 눈빛을 거두지 않았다. 동료와 선배들은 고생했다며 내 등을 토닥이면서 이게 다 공부라고 했지만 그 충격은 쉽게 사라지지 않았다. 내가 뭘 잘못했는지 생각하고, 또 생각했다. 보호자가 검사만 수락했더라도, 전화만 받았더라도, 그렇게 만약이란 단어를 붙이기 시작하니 아쉬움은

··········

녀석은 기운 없이 쓰러져 있다가도 사람이 다가가면 꼬리를 치며 일어서서 반겨주려고 했다. 그때 녀석의 얼굴은 아픈데 안 아픈 척을 하며 억지웃음을 짓는 것처럼 보였다. 나도 모르게 "일어나지 마"라는 말이 입 밖으로 흘러나왔다. 참을성이 강한 사람이 병을 키우듯이 동물의 경우에도 다르지 않았다.

점점 더 커졌다.

한편으로 보호자가 원망스러웠다. 최선을 다했는데 비난의 화살이 나를 향한 것 같아서 억울했다. 하지만 그 상황에서 내가 할 수 있는 건 이 일을 좋은 경험으로 생각하는 것 외에는 없었다. 두 번째, 세 번째 환자를 보게 되면서 정신없는 일상 속에서 그 일은 지워져가는 듯했다. 하지만 처음이라는 건 꽤 강렬한 법이다. 그렇게 나의 첫 환자는 하루 만에 죽었고, 잊을 수 없는 보호자의 싸늘한 눈빛이 아직 남았다.

🐾　🐾　🐾

첫 환자가 잘 치료되어 퇴원을 하고 보호자가 고맙다는 인사를 남기고 갔다면 어땠을까. 성취감과 자부심에 공중에 붕 하고 떠올랐을지도 모르겠다. 그 뒤로도 간담을 서늘하게 하는 보호자를 여럿 만났다. 그런 시간을 통과할 때마다 '다음에는 아무렇지도 않겠지'라고 스스로를 위로했지만 막상 다시 그런 상황을 맞닥뜨리면 동일한 무게로 힘들었다. '왜 이런 상황에 익숙해지지 않는 것일까'란 이상한 고민을 하기도 했다. 다른 수의사들은 상처받지 않는 것처럼 보였기 때문이다. 그때는 아직 경험이 적어서, 내가 단단하지 않아서 그런 줄 알았다.

한참 시간이 흘러서야 그건 익숙해질 수 없는 것이라는 결론을 내렸다. 그리고 그런 상황에서 상처받지 않는 사람은 아무도 없다는 사실도 알았다. 아무리 덤덤한 표정을 짓고 있다고 해도 말이다. 결과만 놓고 보면 사랑하는 반려동물이 세상을 떠났다는 것은 보호자들에게는 엄청난 충격일 것이다. 그 슬픔을 여러 가지 감정으로 표현한다는 생각이 들었다. 소리를 지르고, 비난을 하는 것도 그중의 하나일 것이다.

그에 비하면 수의사가 느끼는 스트레스는 작은 것일지도 모른다. 그동안은 그런 비난에 익숙해지려고 했다. 그래서 더 힘들었던 것 같다. 언제부턴가 내가 할 수 있는 것을 하기로 했다. 정성껏 진료를 하고, 보호자가 충분히 상황을 인지할 수 있도록 설명을 하고 보호자의 충격을 최소화할 수 있도록 노력하는 것이다. 그럼에도 비난을 들으면 당연히 기분이 안 좋겠지만 조금은 더 이해해보려고 마음을 내어보려고 한다. 이제는 나도 보호자니까.

짖는 개

　어느 날 접종하러 병원에 찾아온 보호자가 물었다. "우리 개, 짖는 소리를 들어본 적이 없어요. 혹시 벙어리일까요?" 순간 머릿속에 여러 가지 생각이 떠올랐지만 이렇게 답했다. "아직 소리를 못 내는 개를 본 적은 없어요. 건강히 잘 지내면서 짖지 않는다면 그건 오히려 보호자님이 복 받으신 걸지도 몰라요."

　이 자리를 빌려서 말하자면 개는 언어를 가지고 있지 않다. 짖음에도 다양함이 있고 우리는 개의 짖음을 통해 어렴풋이 감정을 파악할 수도 있지만, 그걸 언어라고 부르기는 어렵다. 그래서 우리가 흔히 생각하는 언어 장애(벙어리)는 개에게 없다고 보는 것이 타당할 것 같다.

이런 고민을 하는 사람이 더 있나 싶어서 포털 사이트에서 '안 짖는 개'를 검색해봤다. '안 짖는 개'에 대한 얘긴 없고 '짖는 개'에 굵게 표시된 글이 대부분이었다. 안 짖는 개가 얼마나 있을지 모르지만, 그걸 문제라고 생각하는 사람은 없는 것 같다. 짖지 않는 개라면 옛날 같으면 쓸모가 없다고 버려졌을지도 모르지만, 집을 지키는 일을 경비 업체가 하는 요즘은 오히려 짖는 개가 문제다.

우리 집에도 짖는 개가 있다. 바로 파이다. 2kg밖에 안 나가는 녀석인데 발성이 좋다. 겁이 많아서 일단 무슨 소리가 들리면 짖고 본다. 산책을 할 때도 자기 눈에 거슬리는 사람이나 개를 보면 고성을 낸다. 특히 애들이 우르르 몰려가거나 지팡이를 짚고 다니는 노인을 보면 단전에서 기를 한껏 끌어올려 높은 음역대로 짖는다. 매번 듣는 나도 깜짝 놀라는데 남들은 오죽하겠는가. 그럴 때면 죄송하다고, 애가 겁이 많아서 그렇다고 바로 사과를 했고 되도록이면 사람을 피해 다녔지만 예상 밖의 상황은 늘 생겼다. 짖는 파이를 보고 무서워 뒷걸음질 치는 아이에게 개에 대한 트라우마가 생길까 염려되었고, 어르신은 짖는 소리에 놀라 넘어질까 걱정이 됐다. 모두 잠든 한밤중에도 안팎으로 무슨 소리가 들리면 파이는 목청 높여 짖었다. 긴 시간 계속해서 짖지는 않지만, 옆집에서 우리 집 문을 두드리지 않을까 긴장하는 날도 있었다.

내가 수의사여서일까? 짖음 해결 방법으로 성대 제거 수술도 고려해봤다. 사람들은 수의사가 개를 잘 키울 것이라고 생각할 수 있지만, 오히려 너무 앞서가서 무서운 면도 있다. 고민을 안 한 것은 아니다. 하지만 짖는 개를 못 짖게 할 방도가 없어 보였다. 이미 여러 차례 교육을 했는데 별 효과가 없었기 때문이다. 나의 통제 욕구도 한몫을 했다. 내 마음대로 되지 않는 일로 남들에게 피해를 주는 것도 싫었고, 그로 인해 싫은 소리를 듣는 것도 싫었다.

빠르게 해결하는 방안을 생각하다 보니 수술을 고려하게 된 것이다. 못 짖게 하고 화를 내고 서로 마음이 상하는 것보다 그쪽이 나은 걸지도 모른다고 생각했다. 지금 다시 생각하니 꽤 잔인하게 느껴진다.

🐾 🐾 🐾

개원하기 전에는 '짖음'이라는 문제를 깊게 생각해본 적이 없었다. 여느 보호자처럼 성대 제거 수술은 동물 학대라고 생각했기 때문에 개원 후 몇 년간은 하지 않았다. 문의가 와도 "저희는 그 수술 안 합니다" 하고 답했지만, 시간이 지나면서 여러 보호자들의 고충을 듣게 되자 짖음이 개에게나 사람에게나 생각보다 심각한 문제라는 것을 알게 되었다.

주로 문제가 되는 경우는 개가 혼자 있을 때다. 보호자가 통제를 할 수 없을 때 짖는 것이다. 어떤 개는 쉬지 않고 계속 짖는다. 겪어보지 않으면 개가 그렇게 짖나 싶겠지만, 실제로 몇 시간을 쉬지 않고 짖는다. 목이 마르면 잠시 물을 마신 후 바로 다시 짖는다. 듣는 사람도 스트레스지만 몇 시간씩 짖는 개는 오죽하겠는가. 자기도 통제가 안 되는 것이다. 이는 분리불안의 징후로 볼 수 있다. 수술이나 검진으로 병원에 잠깐 입원하는 경우에도 입원실에 들어가는 그 순간부터 짖기 시작해서 다시 보호자 품에 안길 때까지 짖는 애들이 있다. 그럴 때면 보호자를 병원으로 오라고 해서 대기실에서 안고 있도록 한다.

좁은 공간에서 개가 잠시도 쉬지 않고 짖어대면 솔직히 귀도 따갑고 머리도 멍해진다. 수의사라고 개 짖는 소리가 다르게 들리진 않는다. 마법처럼 안 짖게 하는 요령이 있는 것도 아니다. 짖는 소리에 더 민감한 사람도 있다(나). 보호자가 못 오는 경우라면 목줄을 하고 병원 내 처치실에 풀어놓기도 하고, 너무 흥분해서 질병이 악화될 것 같으면 보호자와 상의 후 진정제를 주기도 한다.

밤낮으로 짖는 개가 옆집에 산다면 솔직히 미칠 노릇일 것이다. 계속 항의나 신고를 할 수밖에 없다. 보호자 입장에서는 가능한 모든 방법을 동원할 수밖에 없다. 이웃에게 사과하고, 개에게 갖은 협박과 회유를 했을 것이다. 어느 집 개가 짖을 때마다 물이 나오는 짖음 방지기를 착용하고 좋아졌다고 하면 그것도 사서 써보고, 훈련사를 불러 교육도 받아보고, 지칠 때까지 몇 시간씩 산책도 다녔을 것이다. 짖는 개 때문에 애견 미용을 배워 같이 출퇴근을 하는 것으로 상황 정리를 한 사람도 있었다. 내가 만난 어떤 보호자는 한동안 일을 쉬면서까지 고쳐보려고 했다. 하지만 모두가 시도할 수 있는 방법은 아니다. 같이 있으면 안 짖으니까 임시방편은 되지만 그렇다고 언제까지고 일을 쉴 수는 없는 노릇 아닌가.

이렇게 하다 하다 안 돼서 어렵게 마음을 먹고 성대 제거 수술을 문의하는 사람은 이미 많이 지친 상태다. 그런 사람에게 "그건 동물 학대라 우리 병원은 성대 제거 수술 안 합니다"라고 답하는 것은 막다른 골목에 다다른 보호자에게 큰 상처가 될 수도 있을 것 같았다. 좋아서 그 수술을 결정하는 사람은 없다. 대부분 짖는 습관이 오래되어 단시간에 고치기 어려웠고, 당장 이사를 갈 수도 없고, 수술을 해서 바로 조치를 취하지 않으면 다른 곳에 보낼 수밖에 없는 상황이었다.

그래서 문의가 들어오면 신중하게 상담을 했고, 필요하다고 판단되면 성대 제거 수술을 했다. 보호자 대다수는 수술 후 만족한다고 했고, 개들도 집을 떠나지 않아도 됐다. 이런 경험 때문에 성대 수술이 꼭 나쁜 것만은 아니라는 생각이 마음에 자리 잡고 있었다. 그래서 파이에 대해서도 성대 수술을 생각해보게 된 것이다.

🐾　🐾　🐾

파이가 과하게 짖어 곤란해질 때마다 수술을 해야지 하고 생각은 했지만 그 생각이 실행으로 이어지지는 않았다. 꺼려지는 마음이 들었다. 왜 그럴까 생각해보니 내가 운이 좋았는지 민원이 들어온 것도 아니고, 출퇴근하는 나를 보

며 짖는 것도 아니고(어떤 때는 나와보지도 않는다), 산책하며 사람이나 개를 만났을 때나 갑자기 큰 소리가 들리면 짖는 것뿐인데 수술까지 하는 건 좀 과한 것 같았다. 정말 갑자기, 몹시 크게 짖기는 하지만 말이다.

또 다른 이유도 있었다. 개가 성대 제거 수술을 했다고 해서 음소거 버튼을 누른 듯 무음 상태가 되는 경우는 드물다. 보통 성량이 줄고 목소리가 바뀐다. 당연히 예쁜 소리는 아니다. 걸걸하고 헉헉거리는 소리에 가깝고, 어떤 경우에는 쇳소리가 나기도 한다. 파이의 원래 목소리를 잃는다고 생각하니 갑자기 아찔했다. 파이가 쇳소리로 짖는 걸 들을 때마다 죄책감이 쓰나미처럼 몰려올 것 같아서 두려웠다. 그래서 수술 생각은 일단 접었다. 방법은 교육밖에 없다고 생각했다.

물론 이전에도 교육을 했다. 그땐 화를 내면서 했다. 파이가 짖으면 나도 목소리 높여 이름을 부르며 짖지 말라고 했다. 잘못된 방법이었다. 개의 의사소통법에 따르면, 파이가 짖을 때 내가 같이 큰소리를 내는 것은 파이의 짖음에 내가 동조하는 것이었다. 그러니 파이는 더 짖을 수밖에 없었던 거다. 개 행동학 책을 찾아보니 개들 사이에서 어떤 개가 심하게 짖으면 우두머리가 가서 징계를 준다고 했다. 일단 짖기를 멈추면 조용히 옆에 가서 서 있는다고 한다. 그러니 짖지 말라고 더 크게 짖는 것은 답이 아니다. '침묵' 이 열쇠였던 것이다.

교육을 제대로 하려면 나부터 바뀌어야 했다. 파이가 짖어도 화내지 않기, 덩달아 큰 소리 내지 않기. 가끔 속은 부글부글하는데 얼굴은 웃었다. 파이의 흥분을 가라앉히기 위해서 애써 웃으면서 손바닥을 펴 보이고, 이어서 "쉿" 하고 검지를 세우는 수신호를 반복했다. 짖기를 멈추고 가만히 있으면 간식을 줬다. 두 마리를 같이 산책시키니 집중력이 떨어져서 한 마리씩 데리고 나가서 교육을 반복했다. 퇴근하고 두 마리 산책을 마치고 나면 잘 시간이었다.

교육은 엘리베이터에서부터 시작했다. 파이는 산책을 나가면 엘리베이터가 열리는 소리에 흠칫 놀라고, 안에 사람이 있으면 짖었기 때문이다. 그것부터 고쳐야 했다. 엘리베이터 버튼을 누른 뒤 "기다려"와 "앉아"를 시키고, 엘리베이터가 도착하는 소리가 들리고 문이 열리면 간식을 줬다. 엘리베이터를 빠져나와서도 교육은 계속됐다. 산책하는 도중에 사람이 보이면 무조건 "앉아"를 시켰고, 사람이 파이

옆을 지나가면 바로 간식을 줬다. 며칠이 지나니 변화가 생겼다. 파이가 앉은 상태에서 스스로 고개를 돌리더니 지나가는 사람에게 살짝 눈길을 준 것이다. 간식을 달라는 신호였다. 반복적으로 교육했더니 사람이 지나가면 간식을 먹는다는 걸 확실하게 알게 된 것 같았다. 어느 날은 사람이 다가오는 걸 보더니 뒤돌아 내 쪽으로 와서는 미리 앉는 게 아닌가. 그래서 바로 간식을 줬다. 할렐루야!

눈에 띄게 나아져서 기쁜 날도 있었지만, 사실 매일 그렇지는 않았다. 어떤 날은 엄청 짖었다. 그런 날은 영영 고칠 수 없는 건가 싶어 울적해지기도 했지만 교육을 멈출 수는 없었다. 내가 바뀌어야 파이가 바뀌는 거라고 마음을 다잡고 침착하게 반복했다. 이제 파이는 사람을 봐도 거의 짖지 않는다. 오히려 사람이 지나가면 슬쩍 뒤돌아보고 내가 간식을 줄지 파악하는 눈빛을 보낸다. 덕분에 요새는 사람이 지나갈 때마다 앉으라고 하지 않는다. 최근에는 좀 더 어려운 교육을 시작했다. 개를 보고도 짖지 않기다. 늘 그랬듯 나만 잘하면 파이는 잘 따라올 것이다.

여전히 문제는 남아 있다. 밤중에 밖에서 무슨 소리가 나면 짖는 것이다. 그럴 때면 내 마음을 안정시키는 게 우선이다. 몇 번 짖다가 그치는 건 이해하자고, 어쩔 수 없다고 생각하는 것이다. 그러다 옆집의 스트레스가 걱정될 만큼 계속 짖으면 조용히 이름을 부른다. 그럼 파이가 내가 있는 방으로 달려온다. 그럴 때면 다시 손바닥을 보이고, '쉿' 하는 사인을 보낸다. 그럼 조용해진다. 파이가 내 마음을 읽었으면 좋겠다.

'파이야, 알아. 괜찮아. 내가 있잖아.'

어릴 때 불을 끄고 잠자리에 누우면 개 짖는 소리가 가끔 들렸다. 한 집 개가 울기 시작하면 순번을 정해놓은 듯이 동네 개들이 돌아가며 한 번씩 짖거나 울었다. 그땐 그게 시끄럽다는 생각을 못 했다. 오히려 고즈넉하니 좋았던 기억으로 남아 있다. 오래전 인간이 개를 키우기 시작한 이유 중 하나는 개가 낯선 것을 보면 짖는다는 점이었다. 세상이 바뀌면서 개에게 바라는 덕목이 바뀌었다. 개들은 이런 변화를 잘 이해할 수 없을 것이다. 개에 대한 사람의 기대가 바뀌었다고 개가 본성을 바꿀 수도 없다.

개에게 짖지 말라고 하는 것은 개한테 "야옹" 해보라고 하는 것과 비슷할지도 모른다. 개가 짖는 것은 당연하다고 받아들여야 한다. 그걸 모르는 사람은 없는데 막상 자기 집 개가 맹렬히 짖어대면 스트레스를 받는다. 그럴 때 감정적으로 대응하면 상황이 더 악화된다. 집집마다 개가 짖는 이유는 제각각이다. 그래서 일률적으로 어떤 방법이 짖는 개에게 효과가 좋다고 말할 수 없다. 주의 깊게 관찰하고 방법을 찾고 될 때까지 시도해야 한다. 그런 노력이 당연하다고 생각하면서도, 가끔은 나에게 자기 집 개가 벙어리냐고 묻던 보호자가 부러워지긴 한다.

개를 직장에 데려간다면

    출근 전, 애들을 붙잡고 옷을 입히거나 하네스를 착용할 때면 비비의 눈빛이 달라졌다. "나 안 가면 안 돼? 꼭 나를 데리고 가야겠어?"라고 말하는 것 같았다. 마치 유치원에 가기 싫어하는 아이처럼, 혹은 평소에 산책하러 나가는 것과는 다르다는 것을 아는 것처럼. 그게 귀여워서 웃는 날도 있었지만 사실 어쩔 수 없어서 매일 아침부터 애들을 데리고 나가야 했던 시기가 있었다.

    파이, 비비와 첫해를 보낼 때였다. 매일 애들과 같이 출근을 했다. 애들과 한시도 떨어지고 싶지 않아서가 아니었다. '제발 똥만 먹지 말아줘'라는 절박한 심정으로 애들을 데리고 일하러 나간 것이었다. 그때만 해도 둘 다 대소변을 잘 가리지 못했고, 신나게 배변 패드를 뜯던 시절이었다. 내가 없는 사이에 무슨 짓을 저지를지 몰라서 같이 출근했던 것인데, 이유야 어찌 됐든 누군가는 나를 부러워할지도 모른다. 보호자가 일하는 시간에 같이 있을 수 있는 개가 얼마나 되겠는가. 가끔 잡지에 개와 함께 출근하는 제도가 있는 회사가 소개되곤 하지만, 아직까지 극소수일 뿐이다.

그런데 사람들의 생각처럼 비비와 파이는 복 받은 개일까? 애들도 그렇게 생각할까? 그리고 나는 행복할까?

함께하는 출퇴근이 애들한테 유익한가 아닌가를 고민하게 된 이유는 파이 때문이었다. 파이는 겁이 많은 편이라 낯선 소리가 들리면 일단 짖고 본다. 요새는 예전보다 많이 나아지긴 했지만, 그때만 해도 강아지나 사람들 소리가 들리면 바로 짖었다. 파이가 내는 소리 때문에 병원에 내원한 환자가 덩달아 짖거나 놀라는 일도 있었다. 클리커도 써봤고 일시적으로 가두는 훈련도 해봤지만 당장에 효과가 없어서 진료가 많은 시간에는 비교적 방음이 잘 되는 병원 내 휴게실 안쪽에 파이를 따로 두었다. 진료가 비는 시간에 다시 데리고 나오긴 했지만, 휴게실에서 웅크리고 자고 있는 파이를 보니 굳이 데리고 다닐 필요가 있을까 하는 의문이 생겼다.

　그래서 파이는 집에 두고, 비비만 데리고 다녀보기로 했다. 한 마리가 되니까 몹시 수월했다. 단적인 예를 들자면 비 오는 날 한 마리만 있으면 우산을 쓰고 한 팔에 안고 갈 수 있지만, 두 마리면 우산을 들 손이 없다. 급하면 한 팔로 두 마리를 다 안기도 하지만 그런 날이면 출근길이 고생길이다. 병원에 도착해서 애들을 내려놓으면 팔이 저리고 감각이 없었다.

　하지만 파이를 두고 비비만 데리고 온다고 해서 문제가 사라지는 건 아니었다. 비비가 심심해 보였다. 동물병원이라 많은 개들이 오가긴 하지만 대부분 아파서 오는 애들이라 비비와 놀아줄 친구는 없다. 여긴 직장이고, 나는 진료를 봐야 한다. 진료가 하나 끝나고 여유가 생겨도 그건 다음 환자가 내원할 때까지 노는 시간이 아니다. 그럴 때면 검사 결과를 확인하거나 진료에 필요한 자료를 찾아야 한다. 혹은 다음 진료 준비를 해야 한다.

　결국 비비는 내가 놀아주기를 애달프게 기다리다가 잠이 들었고, 진료를 마치고 짬이 생겨서 부르면 잠이 덜 깬 얼굴로 나를 쳐다봤다. 그 눈을 보면 안쓰럽고 미안해져서 비비를 위해서가 아니라 내 불안 때문에 데리고 다니는 것은 아닐까 싶었다. 비비는 나보다 더 퇴근을 기다리는 것 같았다. 내가 일을 마치고 옷을 갈아입을 때면 비비는 어서 가자고 성화였다. 지겨운 병원의 하루가 끝나서 좋아하는 건지, 밖에 나갈 생각에 좋아하는 건지 모르겠지만.

집에 도착해서 현관을 열면 파이가 어둠 속에 우두커니 앉아 우리가 들어오는 모습을 미동도 없이 응시했다. 왠지 하루 종일 이글이글거리며 '나를 혼자 두다니, 들어오기만 해봐라' 했을 것 같았다. 하지만 집 안에 들어가면 괜한 염려였다는 걸 입증하듯 우리를 반겼다. 파이와 비비도 한나절 못 본 탓인지 여간 반가워하는 게 아니었다. 둘이 한참 엎치락뒤치락 레슬링하며 노는 걸 보고 있자니 둘이 같이 집에 있는 게 나을 것 같았다. 혼자가 아니라서 다행이었다.

🐾 🐾 🐾

애들과 출근하는 건 나에게도 힘든 일이었다. 같이 나가려면 챙겨야 하는 것도 많았지만 그보다는 정서적인 문제가 더 컸다. 가끔 극심한 진료 스트레스를 받을 때가 있다. 그럴 때는 가급적 일 외에는 개, 고양이 얘기는 하고 싶지 않다. 솔직히 보고 싶지도 않다. 일요일 아침에 동물이 나오는 TV 프로그램을 안 보는 것도 같은 맥락이다. 그런데 애들과 살면서 눈뜨면 개로 시작해서 눈 감기 직전까지 개와 함께하게 되었다. 혼자 있는 시간이 사라졌고, 집은 애들에게 뭔가를 해줘야 하는 의무감으로 가득 찬 공간이 되었다. 거기다 출퇴근까지 같이 하니 애들과 나 사이에 어떤 틈도 없었다. 하루 종일 공을 던져주고 대소변을 치우는 기분이었다. 애들에 대한 책임감과 죄책감에 시달리다 보니 병원이 한가한 시간에 책을 읽던 여유로운 생활도 과거의 일이 되어버렸다.

방법을 바꾸기로 마음먹었다. 집에 CCTV를 설치했다. 애들이 무엇을 하는지 실시간으로 지켜보면 내 불안이 해소될 것 같아서 한 일인데, 결과적으로 그건 좋은 방법이 아니었다. CCTV로 인해 나는 더 불안해졌고, 어떤 날은 무력감까지 느꼈다. 예를 들어 비비가 열심히 패드를 물어뜯는 순간을 목격했을 때, 조용히 진료실에 들어가 문을 닫고 CCTV 애플리케이션의 마이크 버튼을 누른 뒤 "그만, 하지 마"라고 낮게 반복해서 외쳤다. 그럴 때면 비비가 그 소리를 듣고 순간 동작을 멈추며 주위를 둘러봤지만 이내 다시 물어뜯었다. 파이가 똥을 먹을 때도 마찬가지였다. 우연히 그걸 봤다고 해도 CCTV로는 똥 먹는 순간을 감상할 수만 있을 뿐 내가 할 수 있는 일은 없었다.

아침부터 사고 중계를 본 날은 퇴근할 때까지 도저히 기다릴 수가 없어서 점심시간에 집으로 달려갔다. '일찍 왔네'라는 표정으로 나를 보며 반가워하는 애들을 뒤로한 채 굳은 얼굴로 잔해를 치우며 마음을 가다듬었다. 이미 지나간 일에 화를 내는 것은 소용없는 일이었다. 마음이 가라앉으면 잠시 놀아주고 다시 병원으로 돌아왔다. 지켜볼수록 불안감이 증폭되었지만 CCTV에서 시선을 뗄 수 없었다. 이곳에도 저곳에도 집중하지 못했다. 얼마 지나지 않아 CCTV를 치웠다. 내가 없는 시간에 집을 때려 부순다 해도 애들과 하루 종일 붙어 있거나 CCTV로 감시하는 게 해결책은 아니라는 생각이 들었다.

나의 시간이 있어야 했고, 애들의 시간이 있어야 했다. 그러려면 내가 없는 시간에 애들이 잘 있을 수 있을 거라는 믿음이 필요했다. 각자의 하루가 시작되는 출근길부터 바뀌어야 했다. 출근할 때 애들을 두고 나오면 마음이 좋지 않다. 애들이 전과 같지 않아서 더 힘들다. 출근하기 싫다

고 투정의 눈빛을 보내던 처음과 달리 요새는 같이 나가고 싶어한다. "정말 나를 두고 갈 거냐" 하고 묻는 눈이다. 그 눈을 보면 잘못한 게 없지만 미안한 마음이 든다. 하지만 안 갈 수는 없지 않은가.

나도, 애들도 이 상황을 받아들여야 한다고 생각했다. 은연중에라도 안타까운 눈빛을 보내지 않아야 했다. 하지만 애들 눈을 보면 마음이 약해졌다. 애들은 귀신같이 그런 마음을 읽는다. 냉정해 보일지 모르지만 여지를 주지 말아야 했다. 그래서 출근 가방을 어깨에 멘 순간부터는 애들을 쳐다보지 않기로 했다. 신발을 신으면서 곁눈질로 뒤를 보면 어느새 울타리 앞에 애들이 와 있다. 그 치명적인 눈을 바라보지 않아야 한다. 아니면 돌이 되어 굳으리라. 최대한 태연한 척, 최대한 무심하게 현관문을 열고 나온다. 문을 닫고 마음으로만 '좋은 하루 보내'라고 말해준다. 일하는 동안은 '잘 놀고 있겠지'라고 믿는다.

퇴근 후 집에 돌아오면 수습할 일(=애들이 저지른 일)이 있으면 하고, 산책을 간다. 기본 훈련도 하고 같이 놀아준다. 정말 귀찮은 날은 같이 누워 뒹굴기도 한다. 이런 하루하루가 쌓이고 쌓여서 어느 순간부터 비비는 더 이상 패드를 뜨지 않았고, 똥도 제자리에 있었고, 집도 그대로 있었다.

☙ ☙ ☙

이로써 출근 문제는 어느 정도 해결됐지만, 병원 아니고도 밖에 나갈 일은 계속 생긴다. 애들은 이제 어려워하지 않는 것 같은데 내 마음이 어려운 것 같다. 쓸데없는 죄책감이다. 아니면 외출이 귀찮았는데 애들 핑계를 대는 건지도 모른다. 영화를 보러 갈까 했다가도 애들이 집에 있다는 생각에 '다음에 가자'가 되었다. 이런 식의 행동 제어는 어느 선까지는 같이 사는 존재에 대한 배려가 되지만, 과도할 경우 서로에게 스트레스가 된다. 늘 개와 함께하기를 선택하면 결국 개와 함께 고립될지도 모른다. 그로 인한 스트레스는 개와 인간의 관계에 오히려 악영향을 끼칠 수 있다.

사람과 사람 사이에도 적당한 거리가 필요하다. 가족이나 친구 사이에서 겪는 사소한 다툼부터 뉴스에 나오는 심각한 사건과 사고까지도 관계의 거리 재기에 실패했기 때문에 발생하는 일인지 모른다. 이와 동일하게 개와 사람 사이에도 적당한 거리가 필요하며 그 거리가 지켜지지 않을 때 문제가 생길 수 있다.

개와 사람은 어떤 인간관계보다 가까워질 수 있다. 개는 당기면 당겨지는 존재이기 때문이다. 사람이 어떤 감정을 느끼면, 개는 그 감정을 공유한다. 그래서 큰 위로를 받을 수도 있지만, 인간이 죄책감을 개에게 투사하면 개도 같은 방식으로 답을 한다. 그로 인해 서로 감정이 깊어지는 것을 느낄 수도 있겠지만, 부정적인 감정까지 공유하는 관계가 항상 건강한 관계라고 볼 수는 없다.

개가 사람을 좋아하는 방식과 사람이 개를 좋아하는 방식은 달라야 한다. 개와 사람의 관계는 당연하게도 사람이 중심을 잡아야 한다. 동굴에서 개와 단둘이 사는 것은 심리적 안정감을 줄지는 모르지만 궁극적으로는 마이너스 관계다. 개와 함께하는 삶이 자신의 삶에 플러스가 되어야 한다.

가끔 나에게 여행을 가야 하는데 개를 맡길 데가 없어서 못 갈 것 같다거나 개 때문에 무엇을 못 했다고 말하는 보호자가 있다. 내 대답은 늘 한결같다. 마음이 편하지는 않겠지만 다녀오셔야 한다고, 조금 불편한 감정도 계속 연습을 해야 한다고. 그리고 애들은 생각보다 잘 지낼 것이라고. 호텔이나 지인에게 맡기는 것도 개들에게 경험이 될 것이며, 돌아와보면 의외로 잘 지내서 서운할지도 모른다고. 그리고 돌아와서 더 행복하게 잘 지내면 된다고 말이다.

냄새로 열어가는 세상

예전부터 걷기를 좋아했다. 자연스럽게 등산에 눈을 떴고, 계절이 바뀔 때마다 국내 여러 산에 다녀오곤 했다. 휴가 때는 트레킹을 목적으로 항공권을 끊었다. 네팔의 안나푸르나에도 다녀왔고, 스페인 산티아고 순례길도 걸었다. 평소에도 여기저기 잘 걸어 다닌다. 익숙하지 않은 길도 좋아한다. 잘 모르는 도심에 떨어지면 모험심이 살아난다. 그래서일까. 개와 함께 하는 산책에 대해 기대가 컸다. 그동안 쭉 혼자 걸었기에 함께 걷는 존재가 있다면 산책이 더욱 즐거워질 것만 같았다.

그러나 실제 애들과의 산책은 기대와 달랐다. 계절이 바뀌어서 벚꽃이 만개해도 여유롭게 볼 새가 없었다. 내가 한

눈을 파는 사이에 애들이 무슨 짓을 할지 모르기 때문이다. 얼마 지나지 않아 산책에서 내 역할은 애들의 안전을 책임지는 보디가드라는 것을 깨달았다. 비비, 파이가 길을 건널 때면 차가 오는지 여부를 확인하거나 전후방 30m 이내로 애들에게 자극이 될 만한 요인이 있는지 살핀다. 큰 개가 온다거나 장난기 가득한 어린이가 무리 지어 오는 걸 보면 조용히 반대편 길로 건너간다. 똥을 누면 치우고, 바닥에 떨어진 음식물을 먹는 것은 아닌지 살핀다. 토사물에 큰 관심을 보이기 때문에 주말 아침에는 특히 주의를 기울여야 한다.

애들과 산책을 하기 시작한 뒤로 여유롭게 어딘가를 걸어본 게 언제인지 기억나지 않는다. 미어캣처럼 앞뒤를 번갈아 살피며 애들 뒤꽁무니만 쳐다보고 걷는 게 전부였다. 그러다 보니 본의 아니게 애들의 행동을 유심히 관찰하게 되었다. 어떤 가로수는 그냥 지나치고, 어떤 가로수 아래에서는 신중하게 냄새를 맡았다. 똥에 대해서도 마찬가지였다. 어떤 똥은 한 번 가볍게 냄새를 맡고 돌아서지만, 어떤 똥은 파이와 비비 둘 다 사뭇 심각한 표정으로 냄새를 맡았다. 지나쳤다가 뭔가 기억이 난 듯 되돌아가서 냄새를 맡기도 했다. 비비가 먼저 맡고 난 뒤에 파이가 뒤따라 맡기도 했다. 심취해서 냄새를 맡다가 똥이 코에 닿거나 혹시 맛이라도 보는 건 아닐까 걱정스러웠지만, 닿을락 말락 하는 그 아슬아슬한 경계가 무너진 적은 없었다. 적어도 내가 아는 한은 그렇다.

🐾 🐾 🐾

어느 날 여느 때와 다름없이 산책하러 나갔을 때였다. 애들은 진지하게 냄새를 맡고 나는 옆에서 짝다리를 짚고 약간은 지루하게 애들을 지켜보고 있었는데, 대체 무슨 냄새가 나는지 갑자기 엄청 궁금해졌다. 둘 사이를 가르며 '야, 야, 뭔데, 뭔데. 니들끼리만 맡지 말고 나도 좀 맡아보자'라고 할 수도 없고, 맡는다 한들 내가 알 수도 없고, 애들은 말이 없고.

호랑이 담배 피우던 시절의 수의사는 혈액성 설사가 주증상인 파보 바이러스를 냄새로 진단했다고 들었다. 그 정도까진 아니더라도 나 역시 환자의 변 검사를 할 때면 냄새를 맡아보는 편이다. 변 냄새가 다 거기서 거기 아니냐고 할지 모르지만, 몇몇 질환에서는 좀 다른 냄새가 나기도 한다. 소변 검사를 할 때도 오줌을 채취하면 눈으로 투명도를 보고 냄새도 맡아본다. 이 글을 쓰다가 갑자기 의문이 생겼다. 내 코 수준으로는 악취 여부만 겨우 알 수 있을 뿐인데 왜 자꾸 맡아보는 거지?

오랜 기간 무의식적으로 그 냄새를 맡아왔는데, 혹시나 싶어서 책을 열었다. 수의임상병리학의 '요검사' 부분을 샅샅이 뒤졌으나 냄새를 맡아보란 말은 없었다. 수의사 친구한테 슬쩍 "너 요검사 할 때 냄새 맡아봐?" 하고 물었더니 "아니"라는 답이 왔다. 아⋯. 나는 왜⋯. 냄새 맡다가 오줌이 담긴 주사기 끝이 살짝 코에 닿은 적도 있었는데⋯. 아⋯. 나는 이걸 어디서 배운 걸까. 배운 게 아니라면 냄새를 맡는 것은 개나 사람이나 본능인 걸까.

개가 냄새를 잘 맡는다는 건 누구나 아는 사실이다. 개의 뛰어난 후각은 여러 분야에서 이용되고 있다. 개가 실종자를 수색하거나 폭발물이나 마약을 탐지하는 것은 익숙한 광경이다. 최근에는 개의 후각을 이용해 암을 탐지하는 연구도 활발하게 이루어지고 있다. 어떤 성분을 탐지하는 것인지 개가 알 수는 없을 테지만 개는 우리가 맡을 수 없는 냄새를 인지할 수 있기에 가능한 일이다.

....

개가 냄새를 잘 맡는다는 건 누구나 아는 사실이다. 개의 뛰어난 후각은 여러 분야에서 이용되고 있다. 개가 실종자를 수색하거나 폭발물이나 마약을 탐지하는 것은 익숙한 광경이다. 최근에는 개의 후각을 이용해 암을 탐지하는 연구도 활발하게 이루어지고 있다. 어떤 성분을 탐지하는 것인지 개가 알 수는 없을 테지만 개는 우리가 맡을 수 없는 냄새를 인지할 수 있기에 가능한 일이다.

많은 냄새를 맡는다는 것은 어떤 의미일까? 애들 몰래 간식을 숨겨놓는 것은 의미 없는 일일까? 비비는 산책길에서 맡는 냄새를 통해서 새로 이사 온 개가 있다는 사실을 알아챘을까? 103동에는 큰 개가 있다는 것도 알까? 아무리 궁금해도 인간인 나로선 알 수가 없다. 명확한 것은 개에게 냄새를 맡는 일은 우리의 생각보다 훨씬 더 중요한 일이며 더 많은 냄새에 노출되는 것이 개에게는 굉장히 즐거운 일이라는 것이다. 우리가 보고 듣고 느끼면서 세상을 알아가듯이 개에게는 냄새가 그들의 경험이고 활력소인 것이다.

🐾 🐾 🐾

가끔 우리는 개에게 왜 인간처럼 하지 않느냐고 화를 낸다. 다름을 이해하지 못하는 것이다. 여러 가지 냄새가 섞여 있는 쓰레기통을 뒤지는 것은 개에게는 당연한 일이며, 길에 있는 다른 개의 똥에 코를 가까이 대는 것도 이상한 일이 아니다. 개와 사람이 친밀한 사이가 되었지만 호모 사피엔스(Homo sapiens)와 카니스 루푸스(Canis lupus familiaris)라는 종 간의 차이는 좁혀질 수 없다. 둘이 아무리 친밀하게 감정을 나눈다 하더라도 극복할 수 없는 부분이 있다. 교정하고 가르쳐야 하는 것이 아니라 인정하고 받아들여야 하는 것이다. 차이를 인정함으로써 배려가 가능해지는 것은 인간관계뿐만 아니라 개와 인간의 관계에서도 마찬가지다.

요새는 산책을 나가면 좀 더 멀리 다녀오는 것이 아니라 좀 더 냄새를 많이 맡았으면 하는 마음으로 움직인다. 하루 한 번이든 두 번이든 부족하게 느껴진다. 마당이 있는 주택에 살면 좋지 않을까 하는 생각도 한다. 그럼 미안한 마음도 줄어들 것 같다. 매번 다니는 익숙한 길이 아니라 낯선 곳으로 데려가기도 한다. 직접 만나지는 못하더라도 다른 개의 똥, 오줌 냄새를 통해 다양한 개가 있다는 것을 알았으면 좋겠고, 계절에 따라 바람과 흙의 냄새가 달라지고, 식물 또한 꽃이 피고 잎이 떨어지는 변화를 겪는다는 사실을 알았으면 좋겠다. 나는 눈으로, 그들은 냄새로 세상을 알아가는 것이다.

요새는 토사물을 발견했을 때를 제외하곤 목줄을 당기는 일이 없다. 이 부분은 애들이 항의한다 해도 양보할 수 없다.

처음부터 무는 개는 아니었는데

이따금 무는 개 문제로 인터넷이 시끄럽다. 개가 사람을
물었다는 사고가 발생할 때면 그 위험성과 대책에 주목하
기보다는 '안 무는 개는 없다' '우리 개는 안 문다'로 논쟁이
과열된다. 둘 다 맞기도 하고 틀리기도 한 말이다. 뭐가 됐
든 무의미한 프레임 전쟁이다. 개가 사람을 무는 사고는 없
어야 한다. 낯선 사람뿐만 아니라 보호자에게도 있어서는
안 될 일이다.

대체 언제부터 무는 개가 되는 걸까? 내가 지금껏 관찰
한 무는 개의 발달사는 이렇다. 보통 강아지가 동물병원
에 처음 내원하는 시기는 분양을 받고 일주일 이내다. 그때
"우리 집 개가 사람을 물어요"라고 하는 경우는 본 적이 없

다. 이갈이 때 개가 보호자의 손가락을 깨무는 경우가 있지만, 그건 이가 간지러워서 그러는 것이지 위협적인 행동이 아니므로 문제라고 볼 수 없다. 빠른 경우 생후 5개월에 무는 개가 간혹 있다. 접종 4차까지는 주사를 잘 맞았는데 5차 때 격렬한 저항을 하는 경우다. 이런 개는 기본적으로 겁이 많고 소심하다. 태어나서 분양되기 전까지 환경적으로 불안한 요소가 많았을 것으로 추정된다. 이런 경우라면 제어가 생각보다 쉽다. 보통 집에서는 유순한 편이라 반복해서 연습을 하면 그나마 순응을 한다. 자주 외부에 노출을 시키면 성장하면서 서서히 안정되기도 한다.

흔히 보이는 무는 개는 대체로 한 살 이상이다. 세 살 이후에 물기 시작하는 경우도 있다. 그런 개를 살펴보면, 한 번씩 입술을 들고 으르렁거리는 것이 첫 번째 신호다. 그러던 어느 날 보호자를 처음 물고 약간 위축되는 모습을 보이다가 점점 심해진다. 강아지 때 보호자의 사랑을 듬뿍(과하게) 받고 자랐고, 커서도 지속적인 관심과 애정을 받는 경우가 대부분이다. 그런 개는 자기가 원하는 것을 얻는 방법을 정확히 알고 있다. 주로 사회화가 안 되어 있다는 것도 특징이다. 그래서 자신의 힘을 조절하지 못한다. 물었을 때

발생하는 결과에 대해서 모르기 때문이다.

자연계에서는 보통 어미나 형제와의 놀이를 통해서 자신의 힘을 조절하는 법을 배우게 되고, 과할 경우 어미의 제재를 받는다. 파이와 비비도 둘이서 레슬링 놀이를 하다가 싸움으로 번지는 경우가 종종 있었다. 엄청난 소리를 내며 싸웠고 상처로 피가 난 적도 있었다. 어느 날은 둘 중 하나가 다리를 절기도 했다. 옛날 얘기다. 한 살이 넘으니 더 이상 그러지 않는다. 적정선에서 멈추는 법을 자기들끼리 터득한 것이다. 혼자 사는 개는 이런 자제력을 배울 기회가 없고, 사람은 어미처럼 적절한 제재를 하지 못한다.

🐾 🐾 🐾

보호자와 함께 살면서 개는 보호자의 평소 성향을 정확히 파악하고 있다. 식탁에서 누구 밑에 있어야 고기 한 점을 획득할 수 있는지 잘 안다는 얘기다. 개는 자신의 어떤 행동이 어떤 결과를 이끌어낼 수 있는지 알고 있다. 학습 능력이 있기 때문이다.

예를 들자면 이런 회로다. 어느 날 목욕이 하기 싫어서 으르렁거렸는데 보호자가 주춤하는 걸 목격했고, 효과가 있다는 걸 알게 됐다. 다음 번에는 좀 더 심하게 으르렁거렸다. 그래도 강제로 하려고 하길래 한번 물었다. 혼나긴 했지만 보호자가 겁을 먹는 걸 인지했고, 결과적으로 목욕을 하지 않았다. 이 방법이 통한다는 걸 학습한 것이다. 그 다음부터는 목욕 말고도 뭔가 하기 싫은 걸 할 때마다 으르렁거리거나 물었다. 그랬더니 귀찮은 일이 확실히 줄었다.

일단 개가 자신의 무기를 사용할 줄 알게 되면 절대 우리를 봐주지 않는다. '적당히'란 없다. 점점 세게 몰아친다. 보호자가 상황을 바꿔보려고 큰마음을 먹고 단호한 행동을 해보지만 대부분은 지고 만다. 사료를 먹게 하려고 간식을 다 끊었던 보호자가 있었다. 개는 열흘 동안 단식 농성을 벌였다. 결국 보호자가 두 손 두 발 다 들 수밖에 없었다. 개는 자기가 이길 걸 알고 있었을 것이다.

개가 물려고 할 때 사람이 손을 빼거나 멈칫하는 것은 본능이다. 나 역시도 진료를 보다가 갑자기 개가 입을 벌리거나 입술을 살짝 들면 무심결에 손을 빼게 된다(그럴 때 사실 좀 무안하지만, 수의사가 진료 시 자기 몸을 보호하는 것은 굉장히 중요한 일이다). 개들은 그 순간을 놓치지 않는다. 이런 일이 있고 나면 상황은 보통 더욱 악화된다. 그쯤 되면 보호자는 포기한다. 우리 개는 무는 개라고 받아들이고, 손을 대지 않는다. 집에서만 물고 밖에서는 얌전하면 그나마 사정이 낫다. 밖에서도 무는 개는 미용이나 병원 치료 등에서 제약을 받는다. 이미 이런 방식이 고착된 상태라서 병원에서도 통제하기가 어렵다. 아파도 치료 효율이 떨어질 수밖에 없다.

으르렁거리거나 물어서 자기가 원하는 바를 다 이루는 개는 행복할까? 나는 결코 그렇지 않다고 본다. 개도 인간도 모든 것을 자기 뜻대로 할 수 없다. 개도 사람과 마찬가지로 자신의 욕구가 좌절될 수도 있다는 것을 배우지 못하면 점점 방어적이고 공격적이 된다. 점점 고립될 것이고, 점점 더 화를 낼 수밖에 없다. 잘못된 의사소통으로 인해 사람도 힘들지만 개도 힘들어지는 것이다.

이 관계를 해결하는 열쇠는 사람이 쥐고 있다. 그래서 더 힘든 일이다. 행동 교정에 일률적인 답은 존재하지 않는다. 각각의 개가 다르고 보호자가 다르기 때문이다. 우선 그 상황을 최대한 객관적인 시선으로 살피고 분석해야 한다. 질병이 아닌 이상 사람이 먼저 변해야 한다. 사람이 변해야 개가 변한다. 사람이 변하는 게 어렵기 때문에 개도

....

으르렁거리거나 물어서 자기가 원하는 바를 다 이루는
개는 행복할까? 나는 결코 그렇지 않다고 본다. 개도 인
간도 모든 것을 자기 뜻대로 할 수 없다. 개도 사람과 마
찬가지로 자신의 욕구가 좌절될 수도 있다는 것을 배우
지 못하면 점점 방어적이고 공격적이 된다. 점점 고립될
것이고, 점점 더 화를 낼 수밖에 없다. 잘못된 의사소통
으로 인해 사람도 힘들지만 개도 힘들어지는 것이다.

안 변하는 것이다.

어디든 새로운 물길을 내려면 많은 노력이 필요하다. 그래서 처음 데려왔을 때의 교육이 가장 중요하다. 열 마리의 개가 있으면 두 마리는 태생적으로 온순해서 보호자가 어떤 교육 방식을 취하더라도 순종하고, 다른 두 마리는 어떤 방식을 취하든 예민하다. 후자의 경우 지속적인 교육이 반드시 필요하다. 맹견으로 분류된 경우가 여기에 속한다고 볼 수 있다. 그리고 나머지 여섯 마리는 보호자의 교육에 따라 극과 극의 성향을 띨 수 있다.

우리가 만난 강아지가 어떤 성향인지 알 수 없기 때문에 예외 없이 교육이 필요하다. 자신의 본성이 억눌리지 않으면서 인간과 함께하기 위해 배워야 하는 것을 차분한 마음으로 받아들일 수 있도록 훈련을 해야 한다. 개도 인간과 마찬가지로 자신의 욕구가 좌절될 수도 있다는 것을 배워야 한다.

🐾 🐾 🐾

물론 개들의 눈을 보면 그들의 요구를 거절하기가 쉽지 않다. 파이와 비비가 열다섯 살이 되어도 내 눈에는 여전히 작고 귀여운 강아지일 것이다. 열다섯이면 사람 나이로 아흔이 넘는 노견이지만 매 순간 인지하지는 못할 것이다. 하지만 내 눈에 항상 작고 귀여워 보인다고 해서 그들이 마냥 새끼 강아지인 것은 아니다. 그들은 그들의 나이 체계를 가지고 있다. 보통 세 살 이상의 개는 완전한 성견으로 취급해야 한다. 너무 아기처럼 그들을 다루는 건 그들에게 실례되는 일일지도 모른다.

그들의 눈을 외면하는 일은 힘들었지만 모든 요구를 다 들어주고는 내 삶을 살 수가 없었다. 그들에게는 '적당히'가 없기 때문이다. 그들의 요구를 들어주려고 애를 썼지만 항상 만족시키기는 어려웠기에 죄책감이 따랐고, 개들과 함께하는 삶이 무거워졌다. 내가 현명한 리더가 되어야 했다. 그러기 위해서는 무조건적인 사랑보다 조금은 절제된 사랑이 필요했다. 제법 긴 시간을 통해 우리는 적정선을 찾았고, 이제 그들은 나의 시간을 존중하고 나 역시 그들의 요구를 들어주기 위해 노력한다. 그 뒤로 나는 많은 죄책감을 덜었다.

무는 개는 어찌 보면 우리가 그들과의 소통에 실패한 결과일지도 모른다. 우리가 그들에게 일방적으로 인간의 사랑만을 강요한 것은 아닌지 생각해봐야 한다. 그들은 우리를 이해하기 위해 무척이나 노력한다. 파이와 비비를 앉혀 놓고 이런 저런 얘기를 할 때 나는 그들이 애쓰고 있음을 느낄 수 있다. 우리도 그들의 언어를 들으려고 노력해야 한다. 그들의 보호자로서 현명한 자세로 그들을 대해야 할 것이다. 나에게 완전히 의존해 있는 존재이긴 하지만, 별개로 그들의 삶은 나에게 종속되어 있지 않아야 한다. 그들의 언어로 그들을 사랑하는 것, 그것이 개와 인간의 건강한 관계라고 생각한다.

나는 안락사를 결정할 수 있을까?

　2016년, 추석 연휴가 지나고 얼마 뒤 엄마가 세상을 떠났다. 한 달여간의 투병 기간이 있었지만, 투병이라기보다는 어떤 날을 기다리는 시간이었다.

　엄마는 내가 고등학생 때 종양의 전이로 큰 수술을 받은 적이 있었다. 긴 세월이 흘렀어도 엄마는 병원 생활의 고됨을 잊지 않았는지 식사를 전혀 못 하는 상태에서도 병원에 가는 것을 한사코 거부했다. 뒤늦게 억지로 이끌고 병원 문을 열었을 때 좋은 얘기를 들을 것이라는 기대는 하지 않았다. 예상대로였다. 황달이 있었고, 담관이 막혔다고 했다. 담관이 십이지장으로 들어가는 부위에 종양이 의심된다고 했다.

막상 내시경 검사를 해보니 다행히 그 부위에 종양은 없었다. 막힌 담관을 해소해주는 처치를 했더니 식사를 조금 할 수 있게 되었고 작은 희망이 생겼다. 그러나 곧 호흡이 안 좋아졌다. 담당 레지던트는 폐에 물이 찼다며 혈전 때문인 것 같다고 했고, 항혈전제의 사용을 고려해볼 수 있다고 했다. 레지던트에게 항혈전제 사용의 위험성에 대해서 들었지만, 엄마의 상태가 약간 호전되는 때였기에 하겠다고 동의했다. 그 뒤로 상태가 급격히 악화되었다. 레지던트는 나를 불러 심폐 소생술 동의서를 받으려 했다. 동의서라고는 했지만 가망이 없으니 포기하라는 말이었다. 여러 가지 항목이 적힌 종이를 꼼꼼히 살펴보며 이건 하고 저건 안 하면 안 되느냐고 했더니 아직 '준비'가 안 되신 것 같다며 나중에 다시 얘기하자고 했다. 준비가 안 됐다는 말 앞에 '포기할'이 빠져 있었다는 것은 쉽게 알아챌 수 있었다. 화가 났지만, 도리가 없었다.

얼마 뒤 엄마가 사경을 헤매면서 이제 그만 가고 싶다고 힘겹게 말했다. 호흡이 불안정해서 산소를 공급해야 했는데 답답했는지 자꾸 산소가 연결된 줄을 잡아당겨서 뺐다. 할 수 없이 양손을 결박하는 의료용품을 사서 엄마 손을 묶었다. 간병인은 추석이라 집에 갔고, 나는 그런 엄마를 24시간 지켰다. 나도 모르게 언제 돌아가실지를 생각했다. 내일이 될지, 몇 시간 뒤가 될지 모를 일이었다. 적어도 이번 주는 넘기지 못할 거라는 확신이 들기도 했다. 어느 날은 이제 어서 가시라는 말을 나도 모르게 중얼거렸다. 엄마의 숨소리가 너무 거칠고 괴로워 보였다. 돌이킬 수 없을 바에 고통이라도 사라지길 바랐다.

다시 일상이 시작되고 출근을 했지만, 엄마의 상태는 계속 나빠졌다. 혈압이 떨어지거나 호흡이 나빠지면 병원에서 전화가 왔고, 나는 바로 병원으로 달려갔다. 그러기를 여러 번. 어느 날 밤에 체인 스토크스 호흡(호흡이 없다가 다시 빨라지기를 반복하는 상태)을 보였다. 정말 시간이 얼마 안 남아 보였다. 차라리 안락사를 선택할 수 있는 개의 삶이 조금 나은 것 같았다.

🐾　🐾　🐾

몇 달 전 위중한 비강 종양 환자의 진료를 봤다. 코로 숨을 잘 쉬지 못했고, 종양이 커지면서 입천장을 압박하여 구강 내부도 좁아진 개였다. 보호자가 말하기를 숨을 잘 쉬지 못하니 잠도 깊게 자지 못했고, 고형물을 잘 먹지 못해서 유동식을 급여했다고 했다. 재채기를 자주 했고, 코피가 집 안에 뿌려졌다고도 했다.

　식욕이 전과 같지는 않지만 그래도 맛있는 음식은 잘 먹는다고 했는데, 병원에 내려놓으니 힘들어 보이기는 했지만 자기가 궁금해하는 곳을 찾아다니며 냄새를 맡으려고 했다. 표정을 보니 생기가 있었다. 체중도 체크하고, 숨 쉬는 상태도 다시 봤다. 아직은 때가 아니라는 생각이 들었다. 보호자에게 이 일은 급하게 처리할 일이 아니라고, 충분히 심사숙고해야 하고, 언젠가 그때가 오면 누구보다 보호자가 먼저 알 수 있다고 얘기해주었다. 안도의 한숨을 내쉬며 다시 집으로 데려가기 전까지, 보호자는 계속해서 물었다.

　"내가 얘를 이대로 데리고 있는 게 욕심인 걸까요?"

　상태는 계속 악화되었다. 그리고 보호자는 몇 차례 같은 질문을 했다. 보호자가 빨리 보내고 싶어서 내게 물었을 리 없다. 하지만 자신의 욕심으로 더 심한 고통을 겪게 하는 것 같았을 것이다. 진료실 안은 여러 번 눈물로 가득 찼다. 그 뒤로 몇 달이 고통스럽게 흘러갔다. 잠도 잘 못 자고, 경련도 시작했고, 먹는 것도 힘들어했지만 여전히 살고자 하

....

"내가 애를 이대로 데리고 있는 게 욕심인 걸까요?"

상태는 계속 악화되었다. 그리고 보호자는 몇 차례 같은 질문을 했다. 보호자가 빨리 보내고 싶어서 내게 물었을 리 없다. 하지만 자신의 욕심으로 더 심한 고통을 겪게 하는 것 같았을 것이다. 진료실 안은 여러 번 눈물로 가득 찼다.

는 의지가 있었다. 크리스마스만, 연말만, 신정만, 구정만…
하면서 그 시기를 다 넘겼다. 보호자도 서서히 안정을 찾아
갔다. 아마도 언젠가 개가 신호를 보내면 자신이 알 수 있
을 것이라는 믿음이 생긴 것 같았다. 남은 시간이 얼마 안
되지만 울지 말고 즐겁게 하루하루 고맙게 보내라고 말했
고, 그런 날들이 되길 진심으로 기도했다.

어느 날 병원에 전화가 왔다. 그 보호자였다. 그날 보호
자가 전화로 한 말은 매번 하던 질문이 아니었다.

"이제 때가 된 것 같아요."

그 말에서 사랑과 믿음이 느껴졌고, 며칠 뒤 와서 안락
사를 실시했다. 그로부터 한 달이 채 지나지 않았을 때 보
호자가 병원에 왔다. 다행히 얼굴이 밝아 보였다. 화장을
했고 유골분은 아직 집에 있다며 그동안 고마웠다고 인사
하러 왔다고 했다. 오히려 내가 얼마나 고마운지 보호자는
몰랐을 것이다.

🐾 🐾 🐾

그동안 안락사를 꽤 많이 실시했다. 대부분 말기 질환
환자들이었고, 그 고통을 개와 보호자 모두 감당할 수 없

는 시점에 실시했다. '보내야 할 때'라는 건 객관적인 수치로만 평가할 수 없는 것이기에 굉장히 신중해야 하는 문제다.

안락사는 고통이 없다. 마취를 한 후에 심정지를 유발하는 약물을 주입한다. 대신 보호자가 고통스럽고, 나 역시 마음이 한없이 무거워진다. 더 이상의 최선은 없다고 생각하면서도 내가 한 생명을 멈추게 할 권리가 있는지에 대해서는 여전히 의문이다. 하지만 필요한 일이라고 되뇐다. 고통에 몸부림치는 환자를 위해서도, 보호자를 위해서도 필요한 일이라고. 마지막 주사를 놓으면서 마음속으로 항상 기도한다. 보호자가 애타게 이름을 부를 때 내 눈에도 눈물이 차오르는 게 느껴진다. 눈을 감지 않으려고 애쓴다. 그날 슬퍼해야 할 사람은 내가 아니기 때문이다.

내가 우리 애들의 안락사를 결정하는 날이 올까? 사고로 갑자기 떠나는 경우보다는 차라리 안락사를 결정할 수 있는 질환이 생기는 게 낫지 않나 하는 생각도 든다. 떠나기 전까지 최선을 다해 돌봐줄 수 있고, 마지막 인사도 할 수 있으니까. 그리고 이기적이지만 내 마음의 준비도 할 수 있을 테니까.

보호자가 수의사여서 안 좋은 점이 또 하나 있다. 애들에게 떠날 시기가 온다면 내가 직접 주사를 놓게 되겠지? 다른 선생님에게 부탁할 것 같지는 않다. 내가 결정해놓고 주사만 다른 사람이 놓는다고 내가 한 일이 아닌 게 되지는 않으니까. 필요하면 해야지. 엄마가 아플 때도 가능했다면 존엄사를 선택했을 테니까. 우리 애들도 때가 되면 나에게 말해주겠지. 그때가 되면 지금보다 더 많은 것을 이해할 수 있을 테니까.

죄책감과 작별하기

　오랜만에 주방 대청소를 했다. 싱크대 아래 아주 오래된 양념통도 잔뜩 꺼냈다. 유통 기한이 지난 제품이 여럿이었다. 조금 지났으면 먹어보려 했는데, 몇 년을 넘긴 애들은 버릴 수밖에 없었다. 국간장과 멸치액젓을 두고 한참을 고민했다. 대체 어떻게 버려야 하는지 몰라서였다. 친구에게 어머님께 여쭤봐달라고 부탁을 했다. 돌아온 대답은 변기에 버리라는 것이었다. 저 검은색의 액체를 쏟아부으려니 죄책감이 스물스물 올라왔다. 비닐봉지나 종이컵도 결국엔 쓰면서 죄책감을 느낀다. 개를 키우면서도 마찬가지였다. 개들은 나에게 최상급의 죄책감을 선사했다.

　개와 함께 살면 미안함과 안쓰러움은 매일 발생한다. 출근길부터 시작이다. '나를 두고 나가게?' 하는 표정을 보면 어느새 미안함이 한가득이다. 애처롭게 쳐다보는 개에게 "너 줄 간식 값 벌려고 가는 거야"라고 말하는 것은 미안한 마음을 덜어보려 함이다.

아는 게 병이라고 했다. 수의사라서 더 열심히 키워야 할 것 같은 부담감이 있었다. 산책을 빼먹어도 미안하고, 많이 못 놀아줘도 미안했다. 사료만 주는 것도 왠지 매몰차게 느껴졌다. 일요일 아침부터 긴 산책을 하고 공을 한 시간 동안 던져주고 집에 와도 비비는 더 놀아달라고 보챘다. 그 요구를 다 들어주다간 정말 탈진할 것 같지만, 무시하면 이내 미안해졌다.

관계의 균형 잡기가 쉽지 않았다. 이런 관계는 태어나 처음이었다. 뭐랄까. 되게 막무가내로 뻔뻔하게 요구하는 관계랄까? 사람이라면 그냥 무시하고 말았을 텐데 개들을 무시하고 뒤돌아서면 묘한 죄의식이 따랐다. 개한테 미안한 게 이렇게 많이 생길 줄은 상상도 못했다.

🐾 🐾 🐾

하물며 애들이 아프기라도 하면 그 죄책감은 이루 말할

수 없어진다. 아픈 개의 보호자들은 종종 이렇게 묻는다. "제가 간식을 너무 많이 줘서 이런 병이 생긴 걸까요?" "제가 뭘 잘못했을까요?" 질병은 그런 것과 상관없이 발생한다고 여러 차례 설명을 해도 이미 생겨버린 미안한 마음은 지워지지 않는 모양이다. 수전 손택은 『은유로서의 질병』에서 질병은 은유가 아니라는 점을 말하고자 했다. 질병은 신의 저주도 아니고 심판도 아니니 별다른 의미를 부여하지 말라는 것이다. 병에 대한 부정적인 인식으로 인해 마음 편히 아플 수도 없기 때문이다.

사람과 달리 개는 자기 질병을 인식하지 못한다. 아프면 그저 아파할 뿐이다. 대신에 보호자가 개의 질병을 부정적으로 받아들인다. 개는 전적으로 보살핌이 필요한 대상이니 결국 자신의 잘못으로 병이 생겼다고 인식하는 것이다. 우리 자신의 질병에 대해서도 감상적 인식은 지양해야 하듯이 개의 질병에 대해서도 마찬가지다. 죄책감 대신 내가 할 수 있는 일, 그들의 고통을 더는 일은 어떤 것인지를 고민하는 것이 보호자로서 할 일일 것이다.

내 경우 죄책감은 초반 1년에 가장 컸다. 교육은 서툴고, 애들은 내 뜻대로 안 되고, 할 일은 늘어가고, 나의 시간은 점점 줄었다. 애들은 귀엽지만, 애들로 인해 내 삶을 바꾸는 과정은 힘겨웠다. 거기다 죄책감까지 드니 환장할 노릇이었다. 그들은 내게 복잡한 생각과 감정을 일으켰다. 심지어 어린 시절 부모님이 나를 혼내던 모습까지 떠오르게 했다. 나에게 큰 통제 욕구가 있다는 것도 개를 키우면서 알았다. 사람에게는 차마 내지 못하고 억눌렀던 화를 개에게는 낼 수 있었다. 부끄러운 일이었다.

사람끼리의 싸움은 보통 상호작용이다. 그래서 더 큰 싸움이 되기도 한다. 가끔은 나의 잘못을 덮기 위해 상대의 부적절한 대응을 집요하게 물고 늘어진다. 하지만 개에게 화를 내는 일은 거울에 화내는 것과 같다. 혼자 화내고 혼자 살펴야 한다. 내 잘못이 고스란히 보인다는 의미다. 스스로가 당황스럽고 실망스러워진다.

애들에게 실망하고 나에게 실망하면서도 꾸준히 할 일들은 했다. 안 할 도리가 없었다. 산책이 도움이 되기를 바라며 열심히 다녔다. 울면서 다녔다 해도 과언이 아니다. 1년쯤 지났을까, 그때부터 숨통이 조금 트였다. 그때쯤이 애들이 내 삶에 들어오기 시작한 때가 아닐까 생각한다. 사고를 거의 치지 않았고, 함께하는 산책은 즐거워졌고, 퇴근

··········

아픈 개의 보호자들은 종종 이렇게 묻는다. "제가 간식을 너무 많이 줘서 이런 병이 생긴 걸까요?" "제가 뭘 잘못했을까요?" 질병은 그런 것과 상관없이 발생한다고 여러 차례 설명을 해도 이미 생겨버린 미안한 마음은 지워지지 않는 모양이다.

후 나를 반기는 개들을 보기 위해 빨리 집으로 갔다. 서서히 죄책감도 줄었다. 애들이 적응한 시기라고 생각했는데 지나고 보니 내가 애들한테 적응한 시기였다.

그래도 미안한 일은 늘 있었다. 너무 피곤해서 바로 침대에 가서 누운 날, 애들은 계속 왔다 갔다 하며 나를 살피다가 침대 옆 바닥에 누워 있었다. 내가 기척이라도 하면 얼른 일어나 침대 위를 살폈다. 예전에는 내가 죽더라도 산책을 해야지 싶은 마음이었다면 지금은 알아듣든 말든 애들에게 "나 힘들어. 오늘은 좀 쉬자"라고 말한다. 그 말은 나에게 효과가 있는 말이다. 내 마음을 조금 편하게 하는 말인 것이다.

그리고 애들을 있는 그대로 받아들이기로 한 것도 죄책감을 더는 데 한몫을 했다. 파이는 여전히 작은 소리에도 민감하게 짖는 편이다. 때에 따라 내가 통제할 수는 있지만, 아예 안 짖게 하는 것은 불가능하다고 받아들였다. 비비는 여전히 앞으로 전진하면서 변을 봐서 아직도 패드 밖에 떨구는 경우가 있다. 패드 경계에 오줌 누는 것도 이제 그러려니 한다. 베란다로 패드를 옮기고 때때로 물청소를 하고 소독하니 그것도 대수롭지 않은 일이 되었다.

그 시기에 느낀 죄책감이란 아마도 나와 개들의 삶이 합쳐지는 과정에서 생겨난 잉여 감정 같은 것이 아니었을까 싶다. 처음 맺는 이 관계에서 뭐든 더 해야 할 것 같은 과도한 노력과 내가 원하는 멋진 개로 키우리라는 욕심의 합이었다. 거기에 내 생활을 그대로 고수하고 싶은 마음이 더해진 결과였다. 그게 안 된다는 것을 깨달은 뒤로 애들의 장단점을 받아들였다. 지금까지도 그렇다. 안 변해도 상관없지만 여전히 교육은 하고 있고 '언젠가 좀 변하면 더 좋지'라는 마음으로 바라보고 있다.

수의사인 것과 보호자의 일은 별개였다. 수의사라서 개를 잘 키울 수 있지만 아닐 수도 있다. '수의사의 멋진 개'라는 욕심도 내려놓았다. 그들은 내가 뭐든 처음부터 상관없었다. 파이와 비비는 그냥 그들이다. 내 소유물이 아니다. '명견'은 아니어도 대소변 잘 가리고, 사람을 좋아하고, 정서적으로 안정이 되어서 다행이라고 생각한다.

내 생활은 여전히 바쁘지만 이제 애들을 위해서 쓰는 마음과 시간은 당연한 것이 되었다. 함께 사는 일은 원래 누군가의 희생으로 이루어진다. 부모님과 살 때는 부모님의 희생이 늘 있었다. 애들과 함께 사는 데는 나의 희생이 있어야 한다. 누군가를 돌보고 받아들이는 일은 그런 것이다.

이제는 희생이라는 생각마저 희미해진다. 이제 개와 함께하는 것이 내 생활이 되었기 때문이다. 요새는 출근할 때 애들에게 이렇게 말한다. "너희들의 의무는 뭐다? 열심히 노는 거야. 오늘도 즐거운 하루 보내." 애들은 더 이상 나를 애처롭게 보지 않는다. 처음부터 그랬는지도 모른다. 나의 마음이 바뀐 탓이리라. 출근하는 발걸음도 가벼워졌다.

3장

내가 선택한 가족

개와 함께 사는 일

고양이 책이 아니라 왜 개 책일까

　난 고양이과의 인간으로, '리얼 애묘인'이었다. 너무 밝고 해맑은 사람이 약간 부담스럽듯, 개도 부산스럽다고 생각해서 고양이에 비해 조금은 부담스러워했다. 병원에서 생활하는 앙꼬는 벌써 열네 살이다. 병원에 내원하는 보호자들도 내가 고양이를 더 좋아한다는 사실을 은연중에 눈치챘다. 며칠 전 애들과 산책하다 우연히 보호자를 마주쳤는데, 나와 개를 번갈아 보더니 물었다.

　"선생님 개 키우세요?"

　놀라움과 반가움과 별일이라는 감정이 뒤섞인 물음이었다. 개와 함께 있으면 어딘가 어색해 보이는 걸까?

　앙꼬와 긴 시간 살았으면서 왜 고양이가 아니라 개에 관한 책을 쓰냐고 물을 수도 있겠다. 간단히 답하자면 개 키우는 일이 너무 힘들어서다. 앙꼬와 함께 사는 일은 털만 빼면 문제랄 것이 없었다. 사실 알레르기가 심해지기 전까지 털도 문제라고 생각하지 않았다.

앙꼬는 데려온 첫날부터 화장실에 모래를 부어주니 곧바로 들어가 볼일을 봤다. 틈틈이 제 몸을 알아서 닦으니 목욕을 자주 할 필요가 없었다. 밖에 나가는 걸 너무 싫어해서 산책은 꿈도 안 꿨다. 낚싯대로 놀아주면 의욕적으로 호응해주다가 어느 순간 지겨워하는 게 느껴졌다. 놀아주다가 내가 지치는 일은 없었다. 앙꼬는 그냥 가만히 있는다. 항상 느긋하다. 내가 자면 옆에 와서 잔다. 앙꼬 말고도 그동안 만난 고양이는 주로 내게 평온한 시간을 선사했다. 그래서 책으로 쓸 게 없다.

🐾 🐾 🐾

반면 개는 나에게 다채로운 일상을 제공했다. 파이가 한참 많이 짖을 때는 산책 다니면서 사과하는 게 일이었다. 되도록 조용히 살고자 하는 사람이 "죄송합니다" "미안합니다"를 입에 달고 사는 건 꽤나 피곤한 일이었다. 어제 애

들과 같이 퇴근하는 길이었다. 집 엘리베이터를 기다리는 데 파이가 갑자기 똥 누는 자세를 취했다. 주차장에서 엘리베이터로 가는 짧은 길이라서 배변 봉투를 챙기지 않았던 내 탓이지만, 그 당황스러움은 이루 말할 수 없다. 바닥에 떨어진 똥 두 덩이를 보며 잠깐 일시 정지 상태가 되었다. 황급히 정신을 차렸다. 누가 보기 전에 치워야 했다. 가방에 있던 노트 한 쪽을 찢어서 두 덩이를 집어 들었다. 개와 함께하는 시간은 이런 돌발 상황의 연속이었다.

개와 함께 살게 된 뒤로 할 일이 너무 많아졌다. 개는 원하는 것이 많다. 천성이 게으른 나에게 귀찮은 일이기도 했다. 인간의 언어로 말을 하진 않지만 "간식 줘" "공 던져줘" "벌써 잘 거야?" "안 놀아줄 거야?" "산책 안 가?" "같이 출근하면 안 돼?" 등등 무엇을 요구하고 원하는지 다 느껴지고 알아듣겠다. 소리가 없는데 시끄럽다. 앙꼬도 가끔 "간식 좀 주지 그래?" 하고 신호를 보낼 때가 있지만 정말 말 그대로 점잖게 요구한다.

그래서 말 많은 애들을 피해 가끔 카페로 도망가거나 병원에 두고 퇴근하는 날도 있었다. 예전에 어떤 사람이 코커스패니얼을 고양이 키우는 친구에게 잠시 맡겨뒀는데 며칠 뒤 그 집 고양이가 창문에서 뛰어내렸다는 얘길 들은 적이 있다. 우연한 사고일지도 모른다. 하지만 개의 부산스러움이 힘들었거나 어떤 위협에 어찌할 도리가 없어 뛰어내린 것일지도 모른다. 개를 키우면서 창문에서 뛰어내린 고양이의 심정이 십분 이해가 되었다. 다행히 뛰어내린 고양이는 다치지 않았다고 한다.

고양이에 비해 개는 적극적이다. 표정도 다양하고 원하는 것을 명확하게 요구하기 때문에 마치 사람한테 하듯이 반응하게 만든다. 가끔 무척 피곤한 날 산책도 못 하고 놀아주지도 못하고 침대에 누울 때가 있는데 그럼 파이가 와서 나를 향해 짖는다. 그럴 때마다 화를 내며 나를 꾸짖는 것 같다. 고양이에게서는 이런 대접을 받아본 적이 없다. 피곤한데 짖으니 짜증이 나면서도 더 짖을까 싶어 이불을 덮고 조용히 짖는 걸 듣고 있다. 그러면 파이는 화가 덜 풀린 느낌으로 돌아서서 방을 나가는데, 그 발자국 소리에 미안해진다. 바로 일어나진 않지만 '하루 종일 기다렸을 텐데 힘들어도 놀아줄 걸 그랬구나' 하는 생각은 한다.

개는 이렇게 내 마음을 들었다 놨다 한다. 처음엔 그게 너무 적응이 안 돼서 힘들었는데 지금은 많이 받아들였다.

해줄 땐 열심히, 안 해줄 땐 마음 편히 안 해준다.

🐾 🐾 🐾

불만투성이지만, 사실 싫은 것만 있다면 애초에 글을 쓸 생각도 안 했을 것이다. 사람의 마음이란 게 신기하게도 품이 들어가면 그만큼 마음이 간다. '낳은 정보다 기른 정이 더 크다'는 말에는 이런 마음이 포함되어 있는 것 같다. 개는 고양이에 비해 손도 많이 가고 마음도 많이 간다.

사랑하는 마음도 있지만, 속상한 마음도 꽤 큰 비중을 차지한다. 파이, 비비 때문에 자주 화가 나고, 귀찮아하기도 하고, 그래서 미안해한다. 울며 겨자 먹기로 산책을 다니고, 다니다 보니 아침 공기가 좋고 산책이 좋아진다. 뭔가 나를 움직이게 한다. 그 점이 결국에는 싫지 않아진다. '사랑은 동사'라는 말이 생각난다. 사랑하는 행위를 함으로써 사랑하게 된다는 말이다. 개는 적극적으로 자신을 돌보게 하고, 결국 자신들을 사랑하게끔 만드는 것 같다.

앙꼬보다 파이 비비가 더 좋다는 말은 아니다. 누굴 더 사랑하느냐는 것은 의미 없는 질문이다. 앙꼬는 앙꼬대로 사랑하고, 파이와 비비는 그들로서 사랑한다. 고양이와 개를 사랑하는 방식이 다를 뿐이다. 앙꼬는 나를 감정적으로 자극하지 않는다. 같이 있으면 평온하다. 앙꼬에게 죄책감을 느낀 적은 크게 없다. 그런 편안함으로 위안을 받는다. 지금 이 글을 쓰는 순간에도 앙꼬는 내 책상 노트북 옆에 갸르릉거리면서 앉아 있다. 만져달라고도 하지 않는다. 그저 옆에 앉아 있다. 나는 그런 앙꼬를 진심으로 사랑한다.

개들 사이의 우정

앞서 밝혔듯이 어쩌다 비비와 파이를 동시에 만났고, '두 마리를 같이 살게 해주고 싶다'는 염원에서 갑작스레 보호 자가 되었다. 새로운 가족이 생겼으니 우리 셋의 관계도 정 립이 필요했다. 애들의 관계는 산책 나가면 듣는 단골 질문 이기도 했기 때문이다.

"(비비를 가리키며) 얘가 엄마인가요?"

"쌍둥인가요?"

"부부인가요?"

처음에는 이런 질문을 받을 때마다 최대한 정확한 사실 을 전달하려고 했으나 정작 물어본 사람들은 그렇게까지는 궁금하지 않은 모양이었다. 짧고 간결한 답이 필요했지만 만족할 만한 답을 한 번에 찾는 것도 어려웠다. 파이와 비비는 부부가 아니다. 그렇다고 남매라고 부르는 것도 어색했다. 그런데 만약 둘이 남매라면 나는 무엇? 엄마? 그건 더 이상했다.

친구가 제일 적당했다. 비비와 파이는 나랑 같이 사는 동종의 친구고, 나는 애들과 이종의 친구인 것이다. 주로 내가 돌보는 일을 해야 하지만, 그렇다고 꼭 엄마일 필요는 없다. 지나가는 누군가가 "무슨 사이예요?"라고 물을 때 "친구예요"라고 답하면 그 대답 속에 비비, 파이 그리고 나도 포함되어 있는 것이라고 생각했다. 비비와 파이를 둘러싼 관계 정립은 여기가 끝일 줄 알았는데, 둘에게 곧 나 말고 다른 친구가 생겼다. 그것도 절친이다. 사실 개에게 친구가 생길 수 있다는 사실 자체를 간과하고 있었다.

🐾 🐾 🐾

둘의 절친은 두부와 만두다. 우리 병원에서 일하는 테크니션 A의 가족이다. 두부는 네 살짜리 수컷 말티즈, 만두는 세 살짜리 수컷 비숑프리제다. 둘 다 소심하고 얌전한 편이다. A는 두부를 먼저 키우다가 1년 뒤 만두를 데리고 왔는데, 둘은 A의 기대와는 달리 각별히 친해지진 않았다. 만두는 집에 혼자 있으면 불안을 느껴 계속 짖거나 물건을 물어뜯는다고 했다.

비비와 파이도 서로를 알게 되기까지 몇 개월의 공백이 있었다면 소원한 관계가 되었을까 궁금해졌다. 앉아 있어도 몸의 어느 부위든 맞대고 있는 애들이 소 닭 보듯 지낸다고 상상해보니 괜히 서운해졌다. 개들이 서로 소원하다 해도 혼자인 것보다는 둘이 낫지 않을까? 여러 의문이 들지만 어떤 것이 좋은지 명확히 알 수 없다. 개들이 어떤 관계가 될지는 예측하기 힘들다. 보호자로서 개들 각자가 선택한 관계를 존중하는 것이 최선이라는 생각이 든다.

넷은 동물병원에서 처음 만났다. 파이와 비비가 배뇨, 배변 교육 때문에 나와 같이 출근할 때였다. 두부는 피부병 때문에 병원에 와야 했고, 만두는 분리불안 때문에 혼자 못 있으니 같이 병원에 왔다. 넷이 처음 마주친 순간이 정확히 기억나진 않지만, 처음부터 비비는 두부와 만두를 좋아했다. 목청 큰 파이도 둘에게는 짖지 않았다.

만두는 소심한 편이라 다른 개들과 노는 걸 좋아하지 않아서 유치원에 가도 구석에 앉아 있는다고 했다. 그런 만두가 비비와는 처음부터 잘 놀았다. 비비의 어떤 점이 만두의 마음을 열었을까? 비비가 어려서 무섭지 않았던 걸까? 아 님 막무가내로 '놀자'는 비비의 행동이 만두의 마음에 가닿은 것일까? 그저 비비가 만두의 취향이었을지도 모른다.

비비와 만두는 쫓고 쫓기기를 반복하면서 논다. 대체 저게 왜 재미있는 건지 인간인 나로서는 알 도리가 없지만 늘 놀이가 부족해 보이는 비비는 그걸 몹시 즐긴다. 비비의 '놀자'가 부담스럽던 내게는 더욱 좋은 일이었다. 파이는 낯선 개와 같이 노는 데는 별 관심이 없고, 사람에게 안기는 걸 더 좋아하는 성격이다. 두부는 그런 파이를 좋아한다. 만두와 파이는 서로 무관심하다. 개들의 애정 관계도 알고 보면 복잡하다.

네 마리 중 비비가 사회성이 제일 좋고 파이가 제일 까다롭다. 비비는 파이랑도 친하고, 두부와 만두와도 친하다. 나중에는 파이도 두부, 만두랑 놀기는 했지만 그렇게 되기까지 시간이 좀 걸렸다. 그래도 여전히 비비처럼 적극적으로 친구들과 어울리지는 않는다. 파이는 네 사람이어야 짝이 맞는 놀이를 하기로 했다가 금세 싫증을 내며 "난 스탠드에 앉아서 구경이나 할게. 너희들끼리 놀아"라며 빼던 어떤 친구를 떠올리게 한다.

이런 일도 있었다. A의 집에 친구가 며칠 머물러 있을 때였다. 비비가 너무 심심해서(비비한테는 '나 지루해서 곧 미칠 것 같아' 하는 표정이 있다) 비비만 A의 집에 맡겼다. 그날 저녁 늦게 A의 친구가 술을 잔뜩 마시고 들어왔는데, 평소와 달리 세 마리의 개가 자기를 반겨서 A의 친구는 '내가 너무 취해서 두 마리가 세 마리로 보이는구나' 하고 생각하며 서둘러 잠을 청했다고 한다. 다음 날 잠에서 깼는데 여전히 세 마리여서 어리둥절했다는 얘기다. 아침부터 비비는 A의 친구에게 공을 물고 왔다. 새로 만난 사람이 공을 더 잘 던져준다는 걸 알고 있는 것이다. 그래서 낯선 사람을 반기는 것인지도 모른다. 그러나 만약 파이가 그날 새로운 사람을 밤에 만났다면 새벽 닭 울듯 짖었을 것이다.

개들은 참 놀랍도록 다르다. 좋아하는 친구가 다르고, 친구를 원하는 방식도 다르다. 인간의 입장에서 모든 개가 서로 친하게 지내길 바란다는 것은 개들의 취향을 존중하지 않는 것일지도 모른다.

역마살 있는 보호자를 만난 탓에 비비와 파이는 A의 집에 자주 맡겨졌다. 병원에 두거나 호텔에 맡기는 것보다 안전했고 안심이 되었다. 다행히 네 마리 모두 즐거워했다. A가 아침 출근길에 "오늘 비비랑 파이 오는 날이야"라고 말하면 애들이 이름을 알아듣고 흥분한다고 했다. 나중에는 별일이 없어도 애들끼리 만나서 노는 시간을 주려고 A의 집에 맡겼다. 인간 친구인 나는 개 친구를 대신할 수 없다는 생각에서였다. 시간 관념이 없는 애들에게 인심 쓰듯 "30분만 놀아줄게" 하는 보호자가 아니라, 엄마가 저녁 먹으러 오라고 큰 목소리로 부르기 전까지 해 지는 줄도 모르고 뛰어놀던 내 어릴 적 친구 같은 존재가 비비와 파이에게도 필요하다고 생각했기 때문이다.

언젠가부터 넷이 만나면 파이도 가세해서 다 같이 술래잡기하듯 뛰어논다고 했다. A의 집이 진정 개 놀이터가 된 것이다. A에게 고맙다는 말을 전하면, 본인도 편해서 좋다고 한다. 넷이 논다고 정신없어서 인간 친구는 뒷전인 모양이었다. 우린 절대 서운하지 않다. 그사이 인간들도 한눈을 좀 판다. 사실 그런 시간이 절대적으로 필요하다. 애들에게 미안해하지 않고 마음 편히 딴짓을 할 시간 말이다.

....

개들은 참 놀랍도록 다르다. 좋아하는 친구가 다르고,
친구를 원하는 방식도 다르다. 인간의 입장에서 모든 개
가 서로 친하게 지내길 바란다는 것은 개들의 취향을
존중하지 않는 것일지도 모른다.

1인 가구가 많아졌다. 혼자인 사람과 같이 사는 혼자인 개도 늘었다. 혼자인 사람은 개와 함께 살면서 덜 외로워졌지만, 사람이 출근하고 혼자 남은 개는 마당에 살던 시절보다 더 외로워졌다. 개에게는 인간 친구가 아무리 잘해줘도 채워지지 않는 부분이 있다. 그래서 개에게 친구가 필요하다. 매일은 아니더라도 가끔 만나서 지쳐 쓰러질 때까지 놀 수 있는 친구 말이다. 그런 놀이를 통해 개는 스스로 개라는 존재임을 자각하고, 행복한 시간을 보낼 수 있을 것이다. 그런 경험을 힘으로 그들은 혼자인 시간을 견디고 더욱 반갑게 우리를 반겨줄 것이다. 당신 개는 개 친구가 있는가.

영화 「가족의 탄생」(2006)을 꽤 재미있게 봤다. 김태용이 연출하고 문소리와 봉태규, 공효진이 나오는 영화다. 개봉한 지 10년이 넘은 오래된 작품이지만, 이 영화가 말하는 바는 꽤 진보적이다. 한 단어로 말하자면 '대안가족'이다.

영화가 나온 지 15년쯤 지났다. 그동안 사회가 급격히 변했지만 생활 수준보다 의식 수준이 더 많이 변했을 것이다. 예전 같으면 난 구제불능의 '노처녀'다. 드라마에 나오는 장면처럼 동네 초입 평상에 앉아 더위를 피하던 어른들은 매일 혼자 퇴근하는 나를 보며 혀를 끌끌 찼을 거다. 요새 어디 나만 그런가. 여기저기 비혼이 넘쳐난다. 부모 세대의 사고방식도 변했다. 굳이 결혼하지 않아도 된다고 말하는 어른이 늘었다. 딩크족도 많아졌고, 요새 유행하는 어떤 책처럼 친구와 평생을 살기로 결정한 사람도 있다. 혈연 가족의 단독 체제에서 다양한 형태의 가족이 공존하는 세상으로 바뀐 것이다.

영화 「가족의 탄생」은 이러한 가족의 변화상을 일찍부터 그려놓았다. 혈연으로 묶였지만 남보다 못한 관계를 보여주기도 하고, 반대로 피 한 방울 안 섞였지만 가족보다 더 끈끈한 관계를 통해 새로운 '가족의 탄생'을 보여주기도 한다. 지금이야 이러한 가족의 재구성이 새롭게 느껴지지 않을 수 있어도 개봉 당시에는 많이 놀랐다. 피가 안 섞여도, 혹은 결혼을 하지 않아도 가족이 될 수 있다는 대안의 가능성을 처음으로 봤기 때문이다.

🐾　🐾　🐾

언제든 자고 가라고 말하는 친구 부부가 있다. 여기가 나의 두 번째 집이 아닐까 싶을 만큼 상당히 많은 주말을 그 친구들 집에서 보냈다. 셋이 모여서 술도 자주 마셨다. 함께한 여러 술자리 가운데 유독 잊히지 않는 날이 있다. 비가 추적추적 오던 날, 우리는 유명한 삼겹살 맛집에 갔다. 사람 많은 곳이라서 빗속에서 30분 넘게 기다린 뒤 자리에 앉았다. 날씨 탓인지 일요일인 탓인지 기분이 좀 가라앉아 있었다. 그래서였을까. 대화는 가족 얘기로 옮아갔다.

크고 나서야 안 사실이지만 화목한 가정이란 드라마에서나 볼 수 있는 환상에 가깝다. 대부분의 가정에는 저마다 '문제'라는 것이 있다. 셋 다 자세한 가정사를 나누지는 않았지만 이전까지 가족, 특히 부모와 주고받은 상처가 모두에게 있음을 짐작할 수 있었다. 톨스토이 소설『안나 까레니나』(열린책들, 이명현 옮김)의 그 유명한 첫 문장이 생각났다. "모든 행복한 가정은 서로 닮았고, 모든 불행한 가정은 제각각으로 불행하다." 현시대에도 유효한 말이다.

자리가 파할 즈음 친구가 이런 말을 했다. "난 부모보다 내가 선택한 가족을 더 소중하게 생각해. 내 남편이 그렇고, 너 역시 내가 선택한 가족이라고 생각해." 듣자마자 멍해지면서 먹먹해졌다. 아주 따뜻하고 달콤한 말이었다. 엄마가 돌아가신 후 소속감을 잃어버린 느낌을 갖던 내게 넓은 울타리가 생긴 기분이었다. '선택'과 '가족'이라는 단어가 주는 힘이 느껴졌다. 내가 선택하는 가족이란 어떤 것일까? 나는 그런 관계를 만들 수 있을까?

나는 아직 혼자다. 비혼이라고 선언한 것은 아니지만 예전부터 결혼은 남 일 같았다. 아마 내가 결혼한다고 하면 결혼식상이 엄청 붐빌 것 같다. 친구가 많다는 뜻이 아니다. 축하하는 마음도 물론 있을 테지만, 대체 누구랑 하는지, 웨딩드레스를 입은 내 모습은 어떨지 등등 궁금증을 못 참아 참석할 사람이 여럿일 것이라는 얘기다. 그만큼 나는 결혼하는 내 모습을 상상하는 것도 어색한 사람이면서, 남들 눈에도 결혼과는 거리가 먼 사람이다.

내 위로 오빠가 하나 있는데, 오빠 역시 미혼이다. 언젠가 오빠와 통화하다가 "우리 집은 우리 세대가 끝"이라는 말이 나왔는데, 웃으며 동조했지만 약간 기분이 묘했다. 머릿속에 가계도가 그려졌다. '여기서 끝'이란 듯이 우리 이름 아래로 뻗어 나가는 선이 없는 아쉬운 그림이. 괜히 서운한 마음이 드는 걸 보니 나 역시도 유전자를 남기고 싶은 마음이 있긴 있었구나 싶어 피식 웃음이 났다. 이기적인 유전자!

20년 가까이 자유가 넘쳐흐르는 삶을 살았다. 혼자 살았기 때문에 큰 제약도 없었다. 부모님도 대부분 내 선택을 지지해주셨기 때문에 하고 싶은 대로 살았다. 공부도 열심히 했고, 원하는 만큼 많이 놀았다. 막 독립했던 시절 집은 그저 잠만 자는 곳이었다. 나이가 들면서 체력도 떨어지고 같이 놀 친구들도 하나씩 사라지고 나니 자연스럽게 집에 머무는 시간이 많아졌다. 그러면서 집에서 보내는 시간도 즐기게 되었고, 이 편안함을 이제서야 알게 되다니 싶은 마음도 들었다. 그러다가도 가끔은 이렇게 살아도 되는 건가 싶어 씁쓸하고 허무해지기도 했지만, 자유를 선택했기에 반대급부로 생길 수밖에 없는 마음이라고 생각했다. 다 가지려는 것은 욕심이라고 다독였다.

하지만 이제 오롯이 혼자라고 할 수 없다. 개 두 마리와 함께 살기 때문이다. 비비와 파이를 데려온 건 외로움을 달래기 위해서는 아니었다. 그런 식의 문제 해결은 다른 문제를 불러온다. 돌이켜 생각해보면 자연스럽게 일어난 일이다. 여러 상황이 맞아떨어져서 그렇게 될 수밖에 없는 일말이다. 처음부터 '너희는 내 가족이야'라며 이글거리는 눈빛으로 데려오지 않았다. 그냥 내가 수의사니까 남들보다는 좀 더 수월하게 키울 수 있을 것 같아서, 갈 데 없는 애들이 안타까워서, 어차피 개를 키우고 싶어하기도 했으니까. 이게 다였다.

다행히 애들은 아프지 않고 잘 컸다. 이제 말도 제법 잘 든는다. 덕분에 처음보다 혼란이 줄었다. 매일 해야 하는 일은 있다. 식사를 챙겨주고, 배변 패드를 치우고, 산책을 한다. 혼자서 해야 하기 때문에 내 시간의 상당 부분을 할애해야만 한다. 애들이 짐처럼 느껴지는 날도 있지만 그저 투덜대는 것뿐이다. 사실 짐이 아니라 힘이다.

덤으로 함께 살면서 돌본다는 것의 의미를 알아가고 있다. 사람하고 살기 전에 개와 함께 살아봐서 다행이란 생각도 한다. 다름과 수용과 희생이라는, 이전에는 의미를 잘 모르고 살아왔던 단어를 한꺼번에 받아들이는 체험을 하게 되었기 때문이다. 이제는 퇴근 후 적막한 집에 돌아와 불을 켜던 느낌이 무엇이었는지 잘 기억나지 않는다. 현관문을 열자마자 기쁨의 결정체를 만나기 때문이다. 애들이 내 외로움을 반쯤은 몰아냈다. 죽을 때까지 정확한 의사소통은 불가능하겠지만 눈빛을 교환하며 가끔은 무슨 말을 하는지 알겠다고 느끼면서 살아가고 있다.

🐾　🐾　🐾

가족이란 무엇인가? 식구(食口)라는 표현처럼, 넓은 의미

....

처음부터 '너희는 내 가족이야'라며 이글거리는 눈빛으로 데려오지 않았다. 그냥 내가 수의사니까 남들보다는 좀 더 수월하게 키울 수 있을 것 같아서, 갈 데 없는 애들이 안타까워서, 어차피 개를 키우고 싶어하기도 했으니까. 이게 다였다.

에서 한 공간에 살면서 같이 밥을 먹으면 가족이다. 그 관계가 사랑과 신뢰를 바탕으로 하고 있다면 가족으로 불리지 못할 이유가 없어 보인다. 그 존재가 사람이 아니라도 말이다. 혹자는 가족의 의미를 이렇게 해석하는 것에 곱지 않은 시선을 보낼 수도 있다. 애기 대신 개를 키우는 거냐, 개가 없어야 결혼을 하지 않겠느냐 등등. 그러나 개가 있어서 결혼을 안 하는 게 아니라 혼자 사는데 개를 키우는 것이다. 개와 같이 살면서 더욱 결혼을 하고 아기를 낳고 싶어질 수도 있고, 결혼이 하기 싫어질 수도 있다. 그게 개 탓인가? 그저 함께 살면서 자기한테 어떤 것이 더 맞는지 깨닫게 되는 것뿐이다.

아침 알람 소리에 눈을 뜨면 침대 옆 쿠션에서 애들이 나를 쳐다보는 기척이 느껴진다. 고개를 들어 보면 애들 눈에 반가움이 한가득이다. '우리 대체 몇 시간을 못 본지 아느냐'는, '보고 싶어 죽을 뻔했다'는 눈빛이다. 이렇게까지 반가움을 표현할 수 있는 존재라니, 그저 놀라울 뿐이다. 아무리 무뚝뚝한 나라도 그런 반가움이 싫을 리 없다. 그럴 때면 나도 반가워서 침대에서 바닥으로 스르륵 미끄러져 내려간다. 파이는 가벼운 몸으로 하늘을 날 듯이 뛰어오르며 반가워한다. 비비도 들썩들썩하다가 어느새 삑삑이를 물고 온다.

　나는 아침마다 애들과 반갑게 아침 인사를 한다. 누구한테도 하지 않던 혀 짧은 소리를 내가며 말이다. 난 내가 그런 소리를 낼 수 있는 사람인지 몰랐다. 사람한테는 도저히 안 되는 게 개한테는 참 쉽게 되기도 한다. 개는 그런 존재다. 개는 사람을 대신하는 것이 아니다. 오히려 비교 불가인 부분이 있다. 그래서 그들의 사랑은 특별하다. 그들은 내가 선택한 가족이다.

3인 가족의 개 vs 1인 가구의 개

'사람 병원'에 비해 동물병원은 진료 시간이 긴 편이다. 동물이 자신의 상태에 대해서 직접 말할 수 없으니 보호자가 대신 설명을 해야 하기 때문이다. 자연스럽게 이야기가 길어진다. 가끔 너무 자세하게 설명하는 경우도 있어 송구하지만 중간에 좀 잘라서 듣기도 한다. 한참 듣다 보면 개에 관한 정보는 물론이고, 보호자의 전날 저녁 메뉴, 보호자의 연애나 결혼 여부, 성격, 보호자와 개의 관계, 보호자의 일상과 가족 관계 등에 대해서도 어느 정도 짐작할 수있게 된다.

사람의 가족 관계가 다양해진 만큼 개도 다양한 형태의가족과 함께 살고 있다. 신혼부부가 아이를 갖기 전에 먼저 개를 키우기도 하고, 적적한 첫째 아이를 위해 개를 입양하는 집도 있다. 아이가 없는 부부 집에서 외동딸처럼 자라는 개도 있고, 사전 준비 없이 덜컥 집에 들인 개를 감당할 수가 없어 결국 할머니, 할아버지 댁에 정착하는 개도 있고, 결혼한 딸이 두고 간 개를 키우는 부모님은 아주 많고, 독립 후 원하던 이상형의 개를 데려와 키우는 싱글도 있다. 모두 각자 나름대로 성의껏 개를 키우고 있다.

개중에는 안타까운 경우도 있고, 나로 하여금 '저 집 개가 되고 싶다'는 생각이 들게 하는 집도 있다. '저 집 개는 행복하겠다'라고 생각하다 문득 '파이, 비비도 다른 집에서 살면 더 행복하지 않았을까?' 하는 생각이 들었다. 그렇게 나의 부러움을 사던 집은 대개 3~4인 가족이었다. 엄마, 아빠, 자녀 + 개의 조합.

3인 이상 가족이 개를 키우게 되는 이유는 자녀가 원해서가 가장 큰 것 같다. 혼자 크는 아이를 보며 미안한 마음을 한구석에 가지고 있는 부모로서는 개를 키우고 싶다는 자녀의 마음을 쉽게 거절하지 못한다. 자녀가 초등학생일 때 개를 데려오는 경우가 가장 많다. 얼마 지나지 않아 개와 아이는 세상 둘도 없는 친구가 된다. 병원에 내원하는 어느 3인 가족의 어머니 왈, 아들과 개가 둘 다 헥헥거리릴 때까지 집을 뛰어다닌다고 했다. 아들이 개와 놀다 지치는 일은 사실 어머니에게도 만족스러운 일일 것이고, 아들과 개 입장에서는 말할 것도 없다. 즉 내가 파이, 비비에게 늘 미안해하는 실컷 놀아주는 일이 자연스레 해결되는 것이다.

거기다 애를 키워본 경험이 있는 엄마들은 개도 야무지게 키운다. 우리 집 애들은 어딘지 너저분해 보이는데 엄마 손이 닿은 개들은 단정한 모양새가 있다. 전업주부가 있는 가정에서 아버지는 대체로 경제 활동을 담당하고 있고, 간식 무한 제공자여서 개들이 무척 따른다. 그런 가정에서 사는 개는 식사 시간에 주로 식탁 아래 아버지 손이 닿는 곳에 자리를 잡는다. 그리고 생선 한 점, 고기 한 점을 식탁 아래에서 은밀히 건네는 아버지의 손을 사랑한다. 그래서일까. 늦은 시간 귀가하는 아버지를 위해 개는 '맞춤 현관 마중' 서비스를 제공한다. 대개의 아버지는 그것만으로도 너무 만족하는 것 같다.

얼마 전에 들은 얘기다. 일이 바빠 매일 늦게 귀가하는 아버지가 있었는데 어느 날 거하게 취해서 늦은 시간 현관

문을 열었다고 한다. 불은 다 꺼져 있고, 식구들은 다 자고 있어 괜히 서운한 마음이 들었는데 개가 나와서 열과 성을 다해 반겨주었다. 그 모습에 너무 감격하여 지갑을 꺼내 지폐를, 그것도 수표를 건넸지만 자녀와 달리 개는 당연히 별 관심이 없었다. 아침에 식구들이 나와서 거실에 뿌려진 돈을 보고 무슨 일인가 했다는 '웃픈' 이야기였다.

🐾   🐾   🐾

개를 키우기 좋은 가정이라는 것이 존재할까? 이혼율이 높은 현시대에 3인 가족이라고 해서 완벽하게 안정적이라고 말할 수는 없지만, 1인 가구보다는 사정이 나아 보인다. 혼자서 개를 키울 경우 모든 생활을 전적으로 한 사람에게 의존해야 한다는 것은 개와 사람 모두에게 부담이 될 수 있다. 또한 1인 가족은 변화의 요소가 많다. 장차 결혼을 할 수도 있고, 미래의 배우자가 개를 싫어하는 사람일 수도 있다. 그리고 나도 제일 염려되는 부분인데, '내가 아프면 애들은 어떡하지?' 하는 생각도 가끔 든다.

그런 변수가 생겼을 때 어떤 사람들은 개를 포기한다. 삶이 크게 바뀌지 않더라도 어떤 사람은 혼자서 경제 활동

을 하고, 엄마 역할에 친구 역할까지 해야 하는 일과가 너무 벅차서 포기하기도 한다. 아주 단순하게는 개를 키우는 일이 어떤 일인지 잘 몰랐기 때문에 중도에 포기하기도 한다. 강형욱 훈련사가 쓴 책의 제목인 『당신은 개를 키우면 안 된다』가 직설적이라고 느껴질 수도 있지만, 그만큼 개를 키우는 일은 쉽게 볼 일이 아니다. 겪어보니 더욱 그렇다.

그럼 1인 가구는 개를 키우면 안 되는 것일까? 어느 매체에서 본 통계에 의하면 2018년 10월 기준 한국의 1인 가구는 약 30%다.[1] 4인 가구보다 많은 수치라고 한다. 이렇게 가족 형태가 빠르게 변하고 있어도 가족 복지 프로그램을 설계할 수 있는 정부나 기업의 제도 안에서 1인 가구는 여전히 가족으로 인정되지 않는다. 어딘지 미완성처럼 보인다는 사회적인 인식 때문이 아닐까 싶다.

사실 나 스스로도 그렇게 느끼고 있다. 그렇기에 3인 가구 + 개의 조합을 보며 '이상적'이라는 느낌을 받았던 것 같

---

[1] 『아시아경제』에 실린 기사 "1인 가구 30% 시대… 가족 없으면 복지도 없나요"를 참고함. "통계청에 따르면 1인 가구는 2000년 222만 가구에서 최근(2018년 10월 기준) 578만 8000가구로 2.5배 이상 급증했다. 전체 가구 비율도 29.2%로 과거 가족 구성의 기본적 형태였던 4인 가구 비중을 뛰어넘어 가장 많은 형태로 조사됐다." 2019.06.26.

다. 수십 년 뒤의 가족 형태를 전망한 어떤 기사에 의하면 향후 우리 사회에서는 1, 2인 가구가 전체 가구의 70%를 차지하게 될 것이라고 한다.[2]

그때쯤이면 4인 가족 체제가 낯설어 보일지도 모르고, 오히려 개나 고양이와 함께 사는 1인 가구가 일반적이 될지도 모른다. 이미 이 현상을 설명할 수 있는 용어도 있다. '펫팸족'이다. 반려동물(pet)과 가족(family)을 합친 말로, 동물을 사람 가족과 같이 귀하게 여기는 사람을 뜻한다. 사람 대신 개나 고양이와 함께 사는 것은 1인 가구가 선택하고 책임질 수 있는 적극적인 가족의 형태이다.

1인 가족은 혼자라 편해 보이지만, 외롭다. 혼자 열심히 살아도 어딘지 약간 허무하다. 스스로 삶을 절제하지 않으면 불규칙하게 생활하게 될 가능성이 높다. 쉽게 어딘가에 중독되거나 삶을 술에 의지할 수도 있다. 내가 그랬다. 전체적으로 엄청 열심히 사는 것 같은데 현관 문을 열고 집

---

2 「시사저널e」에 실린 기사 "[1인 가구 현실·下] '가족해체'로 1인 가구 된 노인… 고령화 시대 맞는 정책 마련돼야"를 참고함. "고령을 넘어 초고령 사회를 직면한 우리나라는 2045년 50대 이상의 1인 가구 비중이 70%를 차지할 것으로 예상된다." 2019.04.19.

에 들어오면 허무함이 몰려왔다. 내 나이 또래 여자치고는 제법 편한 삶을 누리고 살았는데 말이다. 무작정 개를 키운다고 갑자기 이 모든 감정이 해소되지는 않는다. 오히려 개로 인해 자유로운 생활을 일정 부분 접어야 하기 때문에 초기에는 스트레스를 받을 수 있다.

나 역시 애들이 오고 나서 엄청난 책임감에 시달렸다. 해야 할 일도 너무 많았고 잘 키워야 한다는 직업적 압박감도 따라왔다. 그래서 똥을 먹는 걸 봤을 때 태연하게 '그럴 수도 있지' 할 수가 없었다. 좀 더 애들한테 신경을 쓰기 시작하니 내 시간이 사라졌다. 내가 왜 개를 키우려고 했던가 엄청나게 후회를 했다. '사람들이 이래서 개를 버리기도 하는구나' 생각했다. 아주 솔직하게 말하자면, 내가 수의사가 아니라면 좀 더 깊게 고려해봤을지도 모를 일이다. 개를 버리는 일은 개인의 탓도 크지만 사회적인 문제와도 연관되어 있다. '개를 기른다는 일'에 대한 지식과 교육이 부재하기 때문이다.

🐾 🐾 🐾

나 역시도 개를 키우는 일에 대해서 제대로 몰랐다. 꽤 힘든 시기를 지나서 지금은 서로 어느 정도 적응이 되었다. 이제서야 개와 사는 것의 장점이 눈에 들어온다. 애들 때문에 집 실내 온도가 3℃ 정도 올라갔다. 눈물을 흘리며 억지로 다녀야 했던 산책 시간이 이제 자연스러운 아침, 저녁 일과가 되었다. 주말에 늦잠을 자고 일어나 멍한 하루를 보내는 대신 애들을 데리고 긴 산책을 나서게 되었다.

나아가 애들과 같이 살면서 '준다'는 것의 의미를 알게 되었다. 1인 가구에게 절대적으로 필요한 것이란 치킨과 '혼술'이 아니라 정서적 허기를 채워 줄 사랑, 배려, 양보, 책임 같은 개념이 아닐까 생각한다. 혼자 살아서는 알 수 없고, 사회생활을 하고 다양한 인간관계를 맺으면서도 쉽게 마음 내고, 마음먹기가 어려운 감정이다. 오히려 사람보다 동물이 더 쉬울지도 모른다. 개와 같이 살면 자연스럽게 배우기 때문이다.

실제로 따져보면 애들은 나에게 원하는 게 많지 않다. '침대 위에 올라가고 싶어.' '산책 가고 싶어.' '간식 먹고 싶어.' '같이 놀자.' '공 던져줘.' 더 있나? 실제로 다 내가 할 수 있는 일이다. 개는 우리에게 그 이상을 바라지 않는다. 복잡한 이해관계가 얽혀 있지도 않다. 개는 우리가 해줄 수 있는 일을 바라고, 우리는 그것을 채워줄 수 있다. 복잡한 세상에 이런 단순한 일상을 누릴 수 있다는 것은 사람과 함께 사는 것 이상으로 행복감과 만족감을 준다. 개를 키우는 일이 건강한 1인 가족, 곧 내가 행복해지는 방법 중 하나가 될 수 있다고 믿어 의심치 않는다.

개의 수명

수많은 개들을 만났고, 그 수만큼의 이름을 듣고 불렀다. 그중에 단연코 기억에 남는 이름이 하나 있다. 심지어 내가 본 환자도 아니었다. 대학병원 근무 당시 후배가 보던 환자였는데, 품종도 나이도 잊었지만 그 이름만 기억날 뿐이다. 바로 '이천년'*이라는 이름이다.

독특한 이름이다 싶어 후배에게 "왜 이름이 이천년이래?" 하고 물었더니, 후배는 사뭇 무거운 표정으로 "이천년 동안 살았으면 해서 지어준 이름이래요"라고 답했다. 후배의 표정이 무거웠던 이유는 보호자의 바람대로 이천 년을 살 수 없기 때문이었을 것이다. 가끔은 개의 이름만으로도 수의사는 부담감을 가지기도 한다. 보호자는 누구나 자신들의 개가 오래오래 살길 바란다. 그런 마음을 가장 정확하게 담아낸 이름이라서 10년 넘게 기억에 남아 있는 모양이다.

2005년 인턴 시절, 그 당시 나이가 좀 많다고 주름 좀 잡던 개들 나이가 열두 살 전후였다. 열다섯 살은 드물고 놀라운 일이었다. 15년이 지난 지금 열두 살의 개는 흔히 관찰된다. 사람의 환갑처럼 '노년기의 시작' 정도랄까. 심지어 열아홉 살인데 겉보기에도 너무 젊고 건강한 개도 있다. 놀랍기도 하고, 몇 살까지 살지 궁금하면서, 덜컥 아픈 곳이 생길까 겁이 나기도 한다.

보호자는 자신의 개가 언제까지나 건강하리라고 믿어야 하는 사람이고 수의사는 언제까지 이럴 수는 없을 것이라고 생각하는 사람이다. 그래서 노견이 아프면 꺼진 불도 다시 보고 동시에 보호자의 상태도 살핀다. 준비가 불가능한 죽음을 앞에 두고 보호자의 생각은 어디쯤 와 있는지 파악하는 일은 아픈 개와 아파질 보호자 모두에게 중요하기 때문이다. 수의사로서 나는 그 순간이 최대한 무리 없이, 둘 다에게 상처가 아니라 받아들일 수 있는 일이 되도록 도와주고 싶다.

🐾 🐾 🐾

　그간 개가 세상을 떠나는 모습을 많이 봐왔다. 그 수만큼 그들을 떠나보내는 가족도 만났다. 개의 죽음에 대한 반응은 사람마다 다르다. 오열하는 사람부터 넋이 나간 표정으로 가만히 지켜보는 사람, 무너지지 않을까 생각했는데 덤덤한 표정의 사람까지. 아마도 실감이 나지 않을 것이다.

　죽음에 대한 체감은 집으로 돌아가서부터 시작이다. 그 기간이 얼마나 될지 알 수 없다. 아주 긴 사람도 있고, 비교적 짧은 사람도 있다. 보호자가 어떤 사람인가에 따라 다르기도 하지만, 어떤 형태로 유대 관계를 맺고 있느냐에 따라 다른 것 같다. 어떤 지점을 넘어선 개와 사람의 관계는 인간끼리의 관계보다 깊을 수 있다. 개는 철저히 우리에게 의존적이고, 늘 우리를 반기며, 절대 우리를 배신하지 않는다. 이 세 가지만으로도 이미 인간관계와는 비교가 불가능하다. 그렇기에 혼자서 개와 함께 지낸 경우에는 그 상실의 시간이 더 길 수밖에 없다. 긴 시간 함께한 개의 죽음은 사람의 죽음에 못지 않은, 어쩌면 더 큰 파급력을 가지고 있다. 엄청난 상실감에 개의 뒤를 따르는 경우도 있다. 안타까운 일이다.

....

그간 개가 세상을 떠나는 모습을 많이 봐왔다. 그 수만
큼 그들을 떠나보내는 가족도 만났다. 개의 죽음에 대
한 반응은 사람마다 다르다. 오열하는 사람부터 넋이 나
간 표정으로 가만히 지켜보는 사람, 무너지지 않을까 생
각했는데 덤덤한 표정의 사람까지. 아마도 실감이 나지
않을 것이다. 죽음에 대한 체감은 집으로 돌아가서부터
시작이다. 그 기간이 얼마나 될지 알 수 없다.

오기가미 나오코의 소설집 『히다리 포목점』(푸른숲)에는 단편 소설인 「에우와 사장」이 실려 있다. 동물의 죽음이 중요한 소재로 나오는데, 이에 대한 관점이 인상적인 작품이었다. 보통 반려동물이 죽으면 남겨진 사람의 슬픔만 생각하게 되지만, 여기서는 반대로 보호자가 죽은 상황을 동물(고양이)이 어떻게 받아들이는지를 보여주기 때문이다.

작품 속 주인공 고양이의 이름은 '사장'이다. 사장은 보호자가 죽은 뒤 자신의 방식으로 슬픔을 이겨낸다. "한참 동안 사장은 그 방석에서 움직이려 하지 않았다. 사료도 거의 먹지 않았다. 주인을 잃은 사장의 둥근 등은 묵묵히 슬픔을 견디고 있는 것처럼 보였다."[3] 사장은 시간이 흘러 '요코'라는 이름의 새 보호자를 만난다. 그리고 요코와 함께하는 새로운 삶에 서서히 적응한다. "둥그런 등이 조금 날씬해졌을 무렵 마침내 사장은 방석 위에서 일어나 커다란 기지개와 하품을 한 번씩 하고 천천히 요코 씨의 무릎 위로 올라왔다. 요코 씨는 곧바로 손을 뻗어 사장 전용 귀이개를 잡았다. 그리고 천천히 그리고 정성껏 귀를 파주었다.

---

3 『히다리 포목점』, 오기가미 나오코, 푸른숲, 137쪽

사장은 기분이 좋은 듯 갸르릉거렸다."[4]

『히다리 포목점』은 환자가 죽을 때마다 내가 가끔 열어보는 책이다. 보호자에게 권한 적도 있다. 긴 시간 사랑했던 반려동물과 헤어지는 것은 참 슬프고 아픈 일이지만, 이 책은 그 감정을 이겨내고 새로운 삶을 받아들이는 과정이 담담하게 그려져 있기 때문이다. 실제로도 동물은 보호자와의 이별을 이렇게 받아들일 것 같은 느낌이 든다. 그게 위로가 된다.

🐾　🐾　🐾

함께 사는 동물의 죽음이란 이제 타인의 이야기가 아니라 내가 준비해야 할 어떤 미래일 것이다. 파이와 비비는 몇 살까지 나와 함께 살 수 있을까? 흰 푸들이 장수하는 경향이 있고, 보호자가 수의사이니 건강 관리와 검진을 철저히 하면 내 나이 예순까지는 같이 있을 수 있지 않을까 하고 조심스레 짐작해본다.

예순이라니. 앞으로 20년 남았다. 아주 긴 시간이라고

---

4 『히다리 포목점』, 오기가미 나오코, 푸른숲, 137쪽

생각했는데 갑자기 슬퍼졌다. 시간이 흐를수록 애들에 대한 사랑은 점점 더 깊어질 텐데 어느 날 헤어진 후에 마주할 상실감을 감당할 수 있을지 가늠이 안 됐다. 개와 작별하고 상실감에 빠진 보호자를 위로하는 일과 그것이 내가 마주할 현실이 되는 것은 차원이 다른 문제다. 그간 내가 너무 쉽게 보호자를 위로해왔다는 것을 뼈저리게 깨닫고 오히려 더 절망에 빠질지도 모른다.

내가 언제든 죽을 수 있듯이 애들도 언제든 죽을 수 있다. 쓰고 나니 잔인한 말 같지만 보편적 진리다. 그럼에도 이 말이 좀 아프다. 그래도 수명에 대한 걱정은 하지 말아야 한다고 되뇐다. 그 두려움이 현재의 사랑을 방해하기 때문이다. '회자정리'라는 옛말은 사람 사이에서만 통용되는 것은 아니다. 개와 사람의 관계에서도 반드시 헤어지는 날이 온다. 내 수명에 맞춰서, 또 내가 원하는 만큼 함께하는 관계라는 건 세상 어디에도 있을 수 없다. 개가 나와 다른 종으로 각각의 시간을 살아간다는 것을 인정하고 받아들여야 한다. 이것은 죽음 앞에서 더 명확해진다.

애들과 나의 관계는 등산으로 치자면 막 산의 초입을 지났다. 많은 오르막과 내리막길을 꾸준히 걸어 정상을 지나

하산으로 마무리되는 여정을 무사히 잘 마치고 싶다. 「에우와 사장」의 주인공인 고양이 사장이 그랬던 것처럼, 혹여 중간에 셋 중 하나가 여정을 멈춰야 한다고 하더라도 나머지는 자신의 등산을 끝내야 하는 것이 삶의 규칙이다. 여전히 20년 뒤가 두렵기도 하지만, 지금 함께할 수 있다는 그 마음만으로 충만한 여정이 되기를 바란다. 파이, 비비도 그래주길, 나도 그러길. 그리고 지금 열심히 사랑하자.

※ 10년은 훌쩍 넘게 지난 일이라 보호자에게 양해를 구하지 못하고 개의 이름을 글에 적었습니다. 너그러운 이해를 부탁드립니다.

다시 키울 수 있을까?

진료를 보면서 가능하면 지키고자 노력하는 일이 몇 가지 있다. 그중 하나는 환자가 떠나는 마지막 순간을 보호자와 함께할 수 있게 하자는 것이다.

부모님의 임종을 지키지 못한 일이 자식에게 큰 불효로 느껴지듯이 반려동물의 마지막을 함께하지 못하는 일 역시 잊을 수 없는 회한이 된다. 위중한 환자가 있으면 밤늦게 보호자에게 면회를 한 번 더 요청할 때가 있고, 상태가 악화된다 싶으면 새벽이라도 즉시 연락을 한다. 간혹 상태가 다시 괜찮아져서 내가 양치기 소년이 되기도 하지만 그편이 낫다고 생각한다. 물론 오랜 시간 함께해온 동물의 죽음을 목격한다는 것은 고통스러운 일이다. 하지만 필요한 일일지도 모른다. 그건 가족과 마지막까지 함께해주는 의미가 있다고 생각하기 때문이다.

개의 죽음을 다룬 시 한 편이 떠오른다. 송승언의 시 「개는 모른다 모르는 개는 안다」는 이렇게 끝난다. "개는 안다. 당신이 개를 얼마나 사랑하는지. 그러나 개는 모른다. 당신이 개를 얼마나 사랑했는지."[5] 어느 시인은 강아지를 키우면서 죽음과 이별을 배웠다고 말했다. 관계에서 마침표를 찍는 일은 당장에는 고통스러울 수 있지만 수용의 자세를 배우게 해준다. 개를 키우는 일에는 잘 보내주는 일까지 포함되어 있다.

🐾 🐾 🐾

개를 떠나보낸 뒤 개를 다시 키우는 일에 대해서도 저마다 감정이 다르다. 이제 개는 절대 안 키운다며 고개를 절레절레 흔드는 사람도 있고, 개가 없으면 허전하다며 빠른 시일 안에 유기견 보호소에서 데려오겠다는 사람도 있고, 몇 달 뒤 새로 분양받은 새끼 강아지를 안고 오는 경우도

---

5 「나 개 있음에 감사하오」, 강지혜 김상혁 외 15인, 아침달, 93쪽

있다. 간혹 애들을 보내고 나서 미안함과 죄책감에 다른 개에 대해 거부감을 보이는 경우도 있다.

한 살 정도 된 개를 전염병으로 떠나보내고 충격을 받은 보호자가 있었다. 실의에 빠진 보호자가 너무 걱정된 나머지 가족이 새끼 강아지를 데려왔다. 당연히 좋아할 것이라고 기대했지만, 보호자는 상의 없이 개를 데려온 가족에게 크게 화를 냈다. 개를 다시 보낼 수는 없어서 기르게 되긴 했지만 보호자는 한동안 개를 외면했다. 시간이 흘러 그 보호자는 결국 개의 사랑스러움에 마음이 열렸다. 어느 날 보호자가 이렇게 말했다.

"떠난 애한테 미안해서 키우고 싶지 않았어요. 새로 온 아이를 좋아하면 떠난 아이가 날 원망하지 않을까 걱정됐어요. 지금은 새로 온 애가 너무 예쁘고 좋은데, 그동안 무시하고 못해준 게 이제 너무 미안해요."

물론 보호자의 가족들이 성급했다는 생각도 든다. 충분히 애도할 시간이 주어졌으면 새로 온 아이한테 죄책감은 가지지 않았을지도 모른다. 하지만 새로 온 강아지로 인해 다시 보호자의 삶이 밝아진 것 또한 사실이다. 그러지 않았다면 꽤 오래 힘들었을지도 모른다. 다시 개를 키우고

....

어느 시인은 강아지를 키우면서 죽음과 이별을 배웠다
고 말했다. 관계에서 마침표를 찍는 일은 당장에는 고통
스러울 수 있지만 수용의 자세를 배우게 해준다. 개를
키우는 일에는 잘 보내주는 일까지 포함되어 있다.

안 키우고는 개인의 선택이므로 무엇이 좋고 나쁘다고 말할 수는 없다. 다만 우리가 개를 키운 기억이 상처로 남지 않길 바란다.

다시 개를 키우는 것이 더 좋겠냐는 질문을 종종 받는다. 당장 머리로 생각해서 결론 내릴 문제는 아닌 것 같으니 일단은 시간을 두고 기다려보자고 답을 하곤 했지만 문득 궁금해졌다. 떠난 개들은 어떻게 생각할까? 우리가 다른 동물을 키우고 예뻐하면 섭섭해할까?

우리가 사랑했던, 우리를 사랑했던 개라면 '사장'처럼 답할 것 같다. 사장은 앞선 글에서도 잠깐 등장했던, 오기가미 나오코의 단편 소설 「에우와 사장」의 주인공 고양이다. 그리고 시한부 상태인 고양이다. 사장은 언젠가 인간의 꿈에 찾아와 자신의 죽음으로 인해 상처받을 인간에게 이런 이야기를 들려준다.

"곧바로 또 다른 고양이를 기르면 돼. 귀여운 녀석으로. 진심으로, 진심으로 사랑할 수 있는 녀석을."

"나도 요코 씨도 진심으로 너를 사랑해."

"알아."6

.

🐾 🐾 🐾

　동물은 우리가 생각하는 것보다 훨씬 성숙하고 의연한 존재일지도 모른다. 동물이 사랑을 표현하는 방식은 사람과 다르다. 살아 있는 동안 열심히 사랑하고 미련 없이 떠난다. 그 뒤에 남겨지는 마음이 있다면 그건 고마움일 것이라고 믿어 의심치 않는다. 개들은 우리가 그들을 잊지 못하고 실의에 빠지길 원치 않는다. 그들처럼 사랑하길 바랄 것이다.

　먼저 떠난 동물이 보호자를 많이 기다린다는 말을 종종 듣는다. 위안이 되기도 하지만, 계속 상처를 떠올리게 만드는 말이기도 하다. 깨끗하게 잊자는 말이 아니다. 그들은 우리 마음속에 늘 살아 있을 것이다. 나는 나의 개가 언젠가 이 세상을 떠난 뒤 어딘가에서 나를 기다리기를 바라지 않는다. 거기서 또 다른 보호자와 행복하게 살길 바란다. 덤으로 나보다 더 좋은 보호자를 만나면 좋겠다. 그리고 나는 여기에서 인연이 되는 개를 다시 키울 것이다. 이것이 좀 더 넓은 차원의 개에 대한 사랑이라고 생각한다.

6　『히다리 포목점』, 오기가미 나오코, 푸른숲, 149쪽

개 없는 주말

　나는 호모 노마드(유목하는 인간)다. 어디에도 정착하고 싶지 않다. 계속 움직이길 원한다. 공간적인 이동뿐만 아니라 정신적인 영역에서도 마찬가지다. 다방면으로 지속적인 변화를 꿈꾸며 살고 있다. 그래서 개를 키우기에 적당하지 않은 사람일지도 모른다.

　3년 전 산 밑에 위치한 아파트로 이사했다. 그간 살던 곳은 도로 바로 옆인 경우가 많아서 먼지도 많고 소음도 심했다. 공기 좋고 조용한 곳을 찾다가 지금 집을 발견했다. 집 주위 환경은 몹시 만족스러웠다. 단지를 벗어나 조금만 올라가면 산이고, 지형상 거주민을 제외하고는 동네에 찾아오는 인구가 거의 없는 편이다.

굳이 이 집의 단점을 꼽자면 옵션으로 가스레인지밖에 없다는 것이었다. 이사를 하면서 어쩔 수 없이 세탁기와 냉장고를 샀다. 고심하다 침대도 샀다. 현대인에게 없어서는 안 될 필수품이지만 나한테는 난생 처음 사보는 물건이었다. 좀 더 넓은 집에, 새로 산 가전제품과 가구에 분명 신이 나야 했지만, 그렇지 않았다. 분명 필요해서 샀지만, 마음이 무거웠다.

이유를 곰곰이 생각해보니 앞으로 움직이는 일이 어려워질 것 같다는 막연한 느낌 때문이었다. 짐이 많아지면서 마음도 덩달아 무거워진 것이다. '저것들이 내 발목을 붙잡겠구나'라는 생각. 누가 들으면 웃을 이야기지만 나는 그랬다. 혼자 살면서 많은 주거 형태를 거쳤지만, 짐은 늘 단출했다. 이사를 할 때마다 대개 풀옵션인 집에 들어갔기에 내가 챙기는 짐은 옷가지와 책밖에 없었다. 집은 그저 잠만 자는 곳이었기에 더 그랬다.

평일을 규칙적으로 보낸 뒤 주말에는 늘 어딘가를 돌아다녔다. 오롯이 집에 있는 날은 잘 없었다. 친구들은 어딜 그렇게 다니냐고 했다. 어딘가를 가야 할 표면적 이유는 수천, 수만 가지가 있지만 사실 단 하나의 이유는 머물러 있기 싫어서다. 움직여야 안정감을 얻는 피곤한 인생이 내 숙명이라고 생각했다.

🐾 🐾 🐾

이사 후 1년쯤 지났을 때, 한곳에서 정착하고 싶은 마음이 처음으로 생겼다. 나이가 들어서일까. 계속 움직이는 삶이 피곤하기도 했고, 집도 점점 편해지는 느낌이 들었다. 그때 마침 애들을 만났다. 갈 곳 없는 개 두 마리가 나의 발목을 꽉 움켜잡아주길 은연중에 바랐는지도 모르겠다. 개들은 어떤 가전제품하고도 비교되지 않는 무게감이 있고 안정감이 있는 존재 아닌가. 어느 날 우연을 가장하여 개들을 집에 데려왔다.

하지만 기대했던 '머물기' 계획은 실패했다. 내가 바뀌지 않고 어딘가에 의지하여 상황을 해결하려는 것은 올바른 방법이 아니다. 나는 바뀌지 않았고, 결과적으로 오히려 일이 더 복잡해졌다. 개들이 없을 때는 나만 움직이면 됐는데 이제는 내가 움직이려면 애들을 챙기고 어딘가에 맡겨야 한다. 몸이 귀찮은 건 둘째 치고 더 무거운 마음의 짐이 생겼다.

계획형 인간이라서 대개 한 달 정도의 주말 계획은 미리 잡는 편이다. 주말에 어디 가는 날이면 전날 저녁부터 바쁘다. 집 정리도 해놓고, 미안한 마음에 애들한테 닭도 삶아주고, 산책도 좀 더 길게 다녀온다. 당일 아침에도 일찍 일어나서 산책을 다녀온다. 그리고 간식을 챙겨서 애들을 병원에 맡겨놓고 나는 다시 집으로 돌아온다. 이렇게 집을 비울 준비를 다 마치고, 애들이 없는 집 문을 열면 뭔가 휑하다. 나 좋자고 이게 뭐 하는 짓인가 싶으면서도, '그래 이건 내 병이니까 미안해도 어쩔 수 없어'라며 억지스레 내 편을 들어본다. 무거운 마음이지만 돌아다니다 보면 어느새 미안함은 잦아들었다.

그러다 문득 길에서 개와 함께 평화로운 주말 오후를 함께 보내는 사람들을 만나면 불현듯 애들 생각이 난다. 나는 왜 애들과 함께하지 않고 여기에 있는 걸까 하는 생각에 순간 마음에 그늘이 진다. 가까운 곳에 평안이 있는데 왜 이렇게 불안정한 길만 찾아다니는 걸까 싶어서 답답하기도 하고, 나를 만나 애들이 고생하는 것 같아 미안해진다. 어떤 사람은 그럴 거면 개를 왜 키우냐고 비난할지도 모르겠다.

경련을 심하게 하는 환자가 있었다. 여러 종류의 항경련제를 같이 복용해도 완벽하게 조절되지는 않았다. 약을 먹이는 일도 쉽지 않았고, 잊을 만하면 한 번씩 경련을 했기 때문에 어딘가에 맡기기도 어려웠다. 보호자는 개가 경련을 시작한 이후로(근 10년 동안) 한 번도 멀리 가본 적이 없다고 했다. 분리불안 때문에 보호자가 없으면 열흘간 한 끼도 안 먹는 개도 봤다. 아프거나 다른 문제가 있지 않아도 개에게 미안해서 여행이나 외출을 삼가는 경우도 꽤 많다. 이렇듯 여러 가지 이유로 개와 함께하는 삶은 사람의 행동에 제약을 준다. 당연한 일이다. 살아 있는 존재와 함께하면서 무조건 자유로울 수는 없는 법이다.

하지만 필요할 땐 움직일 수도 있어야 한다. 일이 있다면 며칠간은 어딘가에 맡기고 자신의 일을 볼 수 있는 관계를 만드는 것이 서로를 위해 좋은 일이라고 생각한다. 개와 사람의 관계도 인간관계처럼 쉽게 정형화될 수 없다. 어떤 방식이 잘 키우는 것이고 못 키우는 것인지 알 수 없다. 각자 처한 상황이 다르기 때문이다. 각자의 상황에 맞는 방식으로 키우되 건강한 관계를 만들겠다는 의지와 방향성은 가지고 있어야 한다.

....

분리불안 때문에 보호자가 없으면 열흘간 한 끼도 안 먹는 개도 봤다. 아프거나 다른 문제가 있지 않아도 개에게 미안해서 여행이나 외출을 삼가는 경우도 꽤 많다. 이렇듯 여러 가지 이유로 개와 함께하는 삶은 사람의 행동에 제약을 준다. 당연한 일이다. 살아 있는 존재와 함께하면서 무조건 자유로울 수는 없는 법이다.

우리는 우리 나름으로 서로에게 적응하고 살아가고 있다. 두 마리여서인지, 강아지 때부터 독립적으로 키우려고 신경을 써서인지, 어려서부터 애들을 자주 맡겨서 그런지 모르지만 파이와 비비는 새로운 환경에 대해 두려움이 별로 없다. 어디서든 잘 놀고 낯선 사람과도 잘 친해지는 편이다.

처음에는 내가 사라지면 애들이 어떤 반응을 보이는지 궁금했다. 걱정도 됐다. 혹시 불안해하지는 않을까, 밥을 안 먹지는 않을까. 두부, 만두 보호자이자 회사 동료인 테크니션 A에게 내가 없으면 애들이 나를 찾느냐고 물어봤다. "아뇨, 나가시자마자 바로 돌아서서 저한테 와요" 하길래 "아, 다행이네요" 하고 답했는데 속으로는 좀 서운했다. 사람 마음이 이렇게 간사하다.

애들 입장에서 생각해보자면 주말에 내가 없어서 약간 서운할 수는 있을 것 같다. 하지만 적어도 '오기만 해봐라. 물어버릴 테다'라며 주말 내내 속상해하는 것 같지는 않다. '아, 또 어디 가나 보네?' '좀 있으면 돌아오겠지?' 하는 게 끝이 않을까? 개들은 현재를 사는 동물이다. 어떤 책에서는 "지금에 머무르는 것"을 배우고 싶다면 개가 좋은 선생이 된다고 말했다. 나는 여행을 하는 동안 애들을 그리워하고 미안함에 속상해하는 반면 애들은 묵묵히 그 시간을 보내고 내가 돌아오면 반갑게 나를 반긴다. 개들이 나보다 낫다.

돌아갈 곳이 없는 움직임은 여행이 아니라 방랑이라는 말이 기억난다. 애들이 있어서 내 삶은 여행이 되었다. 내가 반드시 돌아가야 할 곳을 애들이 만들어준 것은 분명하니까. 나는 그 안에서 안정감을 느낀다. 같이 있을 때 행복하고, 떨어져 있을 때도 각자 행복한 관계가 좋은 관계다. 사람과 사람도 그러하고, 개와 사람도 그렇다.

첫사랑 개

사실 나의 첫 개는 파이와 비비가 아니다. '첫사랑 개'가 따로 있다. 파이와 비비는 '잘 키워야지' 하는 마음의 여유를 가지고 데려왔다면 그 녀석에게는 무조건 빠져들었다. 수의학과 학생이었지만 개에 대해서 아는 것이라고는 없던 때였다. 그래서 더 쉽게 빠져들었던 것 같다.

개를 처음 키우는 보호자의 마음이었다. 개의 행동 하나하나가 다 신기했다. 파이와 비비는 책임감이라는 조금은 무거운 마음으로 키우기 시작했다면, 그 녀석에게는 '무조건 좋아해'라는 마음이었다. 딱 첫사랑 같았다. 하지만 끝까지 책임을 지지 못했고 한동안 자책감에 시달렸다.

본과 3학년, 한참 임상 과목을 배우며 임상수의사에 한

발짝 다가서고 있을 때였다. 대학 부속 동물병원에서 키울 강아지 한 마리를 데려와야 했다. 별 생각 없이 친구들과 강아지를 구하러 재래시장에 갔다. 녹슨 장 안에 많은 개가 있었다. 밥그릇에는 물때가 잔뜩 껴 있었고, 개들이 밟은 똥은 짓이겨져 있었다. 당연히 개들의 몰골은 말이 아니었고 악취도 심했다. 눈살이 찌푸려졌다. 여기서 개를 사야 하나 하는 의문이 들었지만 다른 대안이 없었다. 강아지를 찾는다고 했더니 무뚝뚝한 아저씨가 녹슨 장 사이에 놓인 작은 종이 상자를 가리켰다. 그 안에 새끼 강아지들이 오밀조밀하게 모여 있었다. 사랑스럽지 않은 녀석이 없었다. 그 중에서 한 마리를 골라야 한다니 무척 어려운 일이었다.

고심하던 중 아이보리 색 털이 복실복실한 녀석을 골랐다. 지갑에서 만 원짜리 두 장을 꺼내 그 녀석의 값을 치렀다. 생명을 단돈 이만 원에 살 수 있다니, 놀라움과 부끄러움이 교차했다. 미안했지만 녀석을 품에 안으니 그런 감정은 곧바로 사라지고, 세상에서 가장 값진 것을 얻은 것처럼 행복해졌다.

아직 어려서 전염병 감염 위험이 있을 것 같아 좀 클 때까지 집에서 돌보기로 했다. 집에 내려놓으니 새로운 환경이 신기했는지 여기저기를 킁킁거렸다. 그러더니 갑자기 베란다에 나가서 똥을 누는 게 아닌가. 영특한 모습에 반해버렸고, 그날 길동이란 이름을 지어주었다. '홍길동'이었다. 그리고 나는 난생처음 개와 함께 잠을 잤다.

🐾 🐾 🐾

길동이는 나를 무척 잘 따랐다. 대소변은 늘 참고 있다가 내가 집에 들어오면 같이 밖에 나가서 해결을 했다. 가끔 수업이 비는 시간이면 망설임 없이 집으로 갔다. 수업이 끝나고 친구들과 저녁을 같이 먹게 되더라도 길동이를 생각하면 밖에 오래 있을 수 없었다. 결국 수업 이외의 시간은 대부분 길동이와 함께 보냈다. 그러던 어느 날 좌식 밥상 위에 길동이 밥그릇을 올려놓고 같이 밥을 먹고 있는 나를 발견하게 되었다. 그 놀라움은 이루 말할 수 없었다. 길동이를 만나기 전까지는 전혀 상상할 수 없는 일이었다. 그렇게 길동이는 고지식했던 나를 바꿔놓았다. '개는 개'라는 생각은 어느새 사라지고 없었다.

어린 시절 함께한 개들은 내게 좋은 추억을 만들어주었지만 반대로 내가 좋은 추억을 주려고 애써본 적은 없었다.

··········

지갑에서 만 원짜리 두 장을 꺼내 그 녀석의 값을 치렀
다. 생명을 단돈 이만 원에 살 수 있다니, 놀라움과 부끄
러움이 교차했다. 미안했지만 녀석을 품에 안으니 그런
감정은 곧바로 사라지고, 세상에서 가장 값진 것을 얻은
것처럼 행복해졌다.

그런데 길동이를 만나면서 뭔가 해주고 싶은 마음이 생겼다. 친구들과 벚꽃 구경을 함께 가기로 한 날에 목에 작은 스카프를 맨 길동이를 안고 나갔다. 이갈이를 시작하자 흔들리는 이빨은 빼서 모아두었고, 송곳니까지 무사히 뺀 다음 그동안 모은 이빨과 함께 지점토로 모형을 만들어 장식해 두기도 했다. 좋은 추억이 끝이 없던 시절이었다.

가슴이 털썩 하고 내려앉은 사건도 있었는데, 장대비가 쏟아지던 여름이었다. 집 문을 열자마자 길동이가 쏜살같이 뛰어나갔다. 뒤쫓아갔지만 이미 시야에서 사라졌다. '기다리면 오겠지' 하고 집에 있었는데 시간이 지나도 들어오지 않아서 우산을 쓰고 밖으로 나갔다. 비는 앞이 안 보일 정도로 내리고 있었고, 나는 빗소리를 이길 만큼 큰 목소리로 길동이의 이름을 불렀다. 한참을 미친 사람처럼 이름을 부르며 찾으러 돌아다녔지만 길동이는 나타나지 않았다. 혹시 집에 가 있는 건 아닐까 싶어 돌아서려던 순간, 저 멀리 움직이는 무엇인가가 보였다. 길동이였다. 앞이 안 보일 정도로 세차게 내리는 비를 뚫고 전속력으로 달려오고 있었다. 태어나 비를 처음 본 것처럼 신이 났다는 걸 멀리서도 알 수 있었다. 그때 길동이의 모습은 아직까지도 생생하다.

한번은 같이 살던 친구가 "너랑 길동이랑 자는 모습이 똑같더라" 하고 말했다. 친구는 비웃는 말투였지만 나는 흐뭇했다. 순간 아빠와 아기가 비슷한 모양으로 자는 걸 엄마가 흐뭇하게 쳐다보는 TV 광고가 떠올랐다. 그렇게 길동이는 내 전부가 되었다.

시간이 지나 길동이도 어엿한 청년이 되었다. 작은 발바리가 아닐까 했는데, 잘 먹여서 그랬는지 슈나우저 크기 정도로 자랐고 어딘가 진돗개를 닮은 것 같기도 했다. 많이 뛰어다녀서인지 군살 없는 몸매였고, 흥분하거나 짖을 때는 목뒤부터 엉덩이까지 털을 치켜세웠다. 늠름한 모습이었다. 한번은 며칠간 밥도 안 먹고 베란다 창문으로 목을 빼고 밖만 바라봐서 걱정을 많이 했는데, 알고 보니 발정 난 동네 암컷의 냄새가 길동이의 마음을 설레게 했던 것이었다.

그렇게 평화로운 시간을 보내던 중 새 학기가 시작됐다. 집안 사정으로 인해 자취방을 정리하고 기숙사에 들어가야 했다. 집에서는 개를 키우고 있다는 사실을 몰랐던 터라 걱정이 태산이었다. 다른 집에 입양을 보낼까, 어떻게 할까 정말 많이 고민했다. 결국 길동이를 부모님 집에 보내기로 했다. 집에는 이미 다른 개가 있었지만 마당도 있고 방학 때마다 볼 수 있으니 그게 최선의 방법이었다.

집에 간 첫날 밤 길동이는 나를 따라 집 안으로 들어오려고 했다. 내가 집 안에 있으니 자기도 들어가야 한다고 생각하는 건 당연한 일이었다. 하지만 부모님은 허락하지 않았다. '나는 왜 못 들어가냐'고 묻는 것 같아 마음이 너무 아팠다. 계속 같이 있을 수도 없었고, 다른 곳에 보내는 것보다는 밖에서라도 적응하고 지내는 게 좋을 것 같아 낯선 개집으로 길동이를 밀어 넣었다. 그날 밤 잠이 잘 오지 않았다.

다음 날 아침이 밝자마자 길동이를 보러 나갔다. 내 인기척에 길동이도 나왔다. 어딘지 초췌해 보였고, 나올 때 보니 뒷다리를 살짝 절었다. 약간 쌀쌀한 날씨라 걱정이 돼서 두꺼운 담요를 깔아주었지만 그것만으로는 추웠던 것 같다. 마음이 쓰렸지만 내색을 할 수가 없었다. 적응을 시키기 위해 며칠 동안 계속 함께 있었다. 처음보다는 나아 보여 다행이었다. 졸업하면 꼭 다시 데려가리라 마음먹었다.

몇 달이 지나 실습을 하던 중에 집에서 전화가 왔다. 길동이가 너무 짖어 주민 신고가 들어왔고, 더는 키울 수 없다는 것이었다. 엄마가 아는 곳에 보낼 테니 집에 와서 보러 가면 된다고, 여기보다는 거기가 훨씬 좋은 환경이라고 했다. 멀리 떨어져 있는 내가 할 수 있는 일이 없었다. 자주 찾아가서 보면 된다고, 너무 안일한 생각을 했다. 아니면 나는 그새 길동이를 마음 한구석으로 밀어놓았던 것일지도 모른다.

실습이 끝나고 집에 찾아갔다. 엄마는 길동이가 정확히 어디에 있는지 모른다는 입장을 고수했다. 화를 내도 소용이 없었다. 설마했는데, 그게 사실이 되고 보니 충격이 상당히 컸다. 그때 나는 작은 다짐을 했다. 다시는 개를 키우지 않겠다고 말이다. 키울 자격이 없다고 생각했다.

🐾 🐾 🐾

시간이 좀 흘렀을 때 앙꼬를 만났다. 갈등했지만, '개는 아니니까 다짐에 어긋나는 건 아니야'라는 말도 안 되는 생각으로 데려왔다. 앙꼬에게 평생을 책임지겠다고 약속했다. 그래도 내 인생에 개는 없을 줄 알았다. 어느새 나는 고양이에 흠뻑 빠지기도 했으니까. 하지만 14년이라는 시간은 큰 힘을 가지고 있었다. 2017년 애들을 만났을 때 개를 키우지 않겠다고 다짐했던 일은 정말 까맣게 잊고 있었다.

얼마 전 오래된 노트북을 정리하다가 당시 길동이에 관해서 쓴 글을 찾았다. 글에서 내가 얼마나 길동이를 좋아했는지 알 수 있었다. 그럼에도 책임을 지지 못했다고 생각하니 여전히 마음이 안 좋았다. 잊은 줄 알았는데 아니었다. 하지만 자책은 이제 그만하기로 했다. 내게는 파이와 비비가 있고, 나는 그들을 책임져야 한다. 그 책임에 길동이 몫까지 포함되어 있다고 생각하기로 했다. 부끄러운 이야기지만 잊지 않기 위해 이 글을 싣기로 했다.

주말의 가족 여행

산책을 할 때마다 이것이 과연 자유일까 싶다. 집보다 넓은 환경에서 활보할 수 있지만, 고작 3m짜리 자유다. 애들은 몰라도 인간인 내가 보기엔 줄에 매여 있다는 사실이 안쓰러운 구석이 있다. 목줄을 풀고 산책을 하고 싶다는 생각을 종종 하지만 타인과 애들의 안전을 위해서는 안 될 일이다.

궁리 끝에 날을 잡아 생태 공원에 드나들기 시작했다. 집에서 차로 30분쯤 달리면 펼쳐지는 넓은 풀밭이다. 외진 곳이라 그런지 아침 일찍 가면 사람이 없다. 덕분에 애들과 함께 거기에 가기로 마음먹은 일요일 아침이면 출근할 때보다 더 일찍 일어난다. 에코백에 물통, 간식, 공, 배변 봉투,

물티슈를 챙긴다. 물통에 물을 담으면 애들이 흥분하기 시작한다. 내가 저런 물건을 챙기면 어떤 일이 일어나는지 이제 아는 것 같다. 말도 없고 소리도 없지만, 어서 가자고 재촉하는 애들의 몸짓이 시끄럽다고 느껴질 정도다.

평일에는 바쁘다는 핑계로 많이 못 놀아줘서 미안한데, 이렇게 나가면 그 미안함이 좀 사라지는 것 같다. 오랜만에 가족이 함께 외출하는 날 부모님 마음이 이랬을까? 시간을 내고 마음을 쓰는 존재가 생겼다고 느낄 때면 부모님이 떠오른다.

애들은 어려서부터 차량용 크레이트에 태웠다. 이제는 익숙해져서 차에 타면 으레 거기 들어가는 거라고 알고 있다. 안에서도 편안해한다. 둘 다 차멀미도 없다. 따로 교육을 한 건 아닌데 고맙게도 처음부터 아무렇지 않았다. 애들이 매번 사고만 치지는 않는다. 이렇게 몇 가지 일에 있어서는 무탈한 편이다. 기특하다고 생각하면서도 '이런 부분도 있어야 내가 살지' 한다.

많은 사람이 개를 차에 태울 때 안고 있거나 좌석에 앉힌다. 이때 사고가 발생하면 개는 무방비 상태이므로 몹시 위험하다. 실제 사고 이야기를 들은 적이 있다. 보호자가 보조석에 개를 안고 앉았고, 개는 밖을 보고 있었다. 갑작스러운 커브 길에서 감속을 못 했고, 몸이 밖으로 쏠리면서 개는 차 밖으로 떨어져 다발성 골절이 생겼다. 2차 사고가 이어졌다면 골절이 아니라 사망에 이를 수도 있었고, 다른 차량에게도 피해를 줄 수 있는 위험한 상황이었다. 강아지를 안고 타는 보호자가 있다면 꼭 차량용 크레이트를 사용하기를 권한다. 요새 애들 있는 집에 유아 카시트 없는 집 없다. 개도 안전이 우선이다. 공익 방송 끝.

※ ※ ※

한적한 일요일 오전, 좋아하는 음악을 들으며 드라이브를 하다 보면 어느새 공원이다. 가자마자 애들 짐을 챙긴 뒤 풀밭에 애들을 풀어준다. 축구장 넓이 정도 되는 것 같다. 목줄에서 버클을 푸는 순간 내 마음에도 자유로움이 스며든다. 애들은 눈에 보이는 3m 줄에 일상적으로 묶여 있다면, 나는 눈에 보이지 않는 일상이라는 줄에 묶여 있는 존재다. 몇 년 전에는 그 일상의 줄이 나를 옭아매는 것 같았는데, 나이가 좀 드니 요새는 덜 버겁다. 그 지루한 일상이 나를 보호하고 키우는 안전망 같은 느낌이다. 어느새 멀리 뛰어가버린 애들을 보며 나도 목줄을 한번 풀 때가 됐다는 생각이 든다. 난 어디로 가볼까.

목줄에서 풀려난 애들은 표정부터 다르다. 활짝 웃는 것 같다. 좋아서 어쩔 줄 몰라 이리 뛰고 저리 뛴다. 파이는 몸에 스프링이 달린 것 같다. 몸이 가벼워서 그런지 늘 자기가 의도한 것보다 더 높이 뛰어오른다. '자유의 기쁨을 온몸으로 표현하시오'라는 주제의 공연을 보는 것 같다. 저렇게 좋아하는데 왜 이제야 왔나 싶어 미안한 마음도 커진다. 가방에서 챙겨 온 공을 꺼낸다. 늘 처음엔 어깨를 바쳐 던져줄 각오를 한다.

공을 보자 비비는 흥분한다. 이어서 거리 재기를 하며 뒷걸음질을 한다. 힘껏 던지면 비비가 곧바로 공이 날아간 방향을 향해 펄쩍 뛴다. 비비가 뛰는 걸 보고 파이도 따라 뛴다. 단단한 고무공이라 던지면 꽤 멀리 날아간다. 애들이 점처럼 작아진다. 다시 점점 커지면서 내 쪽으로 달려온다. 늘 파이가 먼저 도착한다. 다리 긴 파이의 저력이 드러나는 시간이다. 비비는 공을 물고 뛰어서 그런지 헉헉거리면서 도착해서 내 앞에 침이 잔뜩 묻은 공을 떨어뜨린다. 나는 다시 공을 힘껏 던진다. 한 시간을 던져줘도 비비는 그

만두고 싶어하지 않는다. 파이는 공에 대한 집중력이 떨어져서 풀밭 냄새도 맡고 풀도 뜯고 하는데, 비비는 그저 공뿐이다. 혀가 바닥에 닿을 만큼 나오고 헉헉거리는 소리가 쉴 틈 없이 이어지면 공놀이를 그만둘 시간이다. 비비는 자기 상태는 생각도 않고 그저 아쉬워한다.

  '비비야, 이게 끝이 아니야.'

🐾 🐾 🐾

  이제는 산책이다. 이렇게 다짐하고 나온 날은 애들에게 '집에 가고 싶어'라는 생각이 들게끔 하는 것이 목표다. 다시 목끈을 착용하고 산책로로 나선다. 왕복 한 시간 정도 되는 거리다. 나는 갈대로 우거진 그 산책로를 매우 좋아한다. 이미 체력 소모를 많이 한 상태라 애들도 편안히 산책을 즐기는 것 같다. 셋이 앞서거니 뒤서거니 걷다 보면 '사는 게 별거 있나. 이런 게 행복이지'라는 생각이 절로 든다. 든든하고, 나와 같이 이 길을 걸어줘서 고맙다.

  한참을 걷다 보면 어느 순간 비비가 내 뒤를 따라오면서 두 앞발을 들어서 내 다리를 툭툭 친다. 정확히는 알 수 없지만, 내가 알아듣기로는 '나 힘들다. 그만 걷자. 아님 나를

안아라' 하는 의미인 것 같다. 그럴 때면 회심의 미소를 지으며 모른 척 걷는다. 비비는 포기가 빠르다. 몇 번 해보다 이내 포기하고 촐랑촐랑 다시 앞서서 걷는다. 귀여운 녀석. 그리고 집으로 오는 길, 애들은 크레이트 안에서 꿀잠을 잔다. 뿌듯하다. 하지만 집에 오자마자 비비는 다시 삑삑이를 물고 온다. 아. 제발.

보호자와 수의사 사이에서

수의사에게 보호자는 때때로 두려운 존재다. 보호자는 수의사를 돈 밝히는 사기꾼이라고 쉽게 말하지만, 병원에 울리는 전화벨 소리에도 두려움을 느끼는 수의사가 적지 않다. 나 역시 두려움까지는 아니어도 '무슨 항의 전화일까' 하는 마음이 앞서던 때가 있었다.

사람들을 만나지 않고 나를 가두던 시기에 애들을 만났다. 지금 다시 생각해봐도 그때 정말 아무 생각이 없었다. '일반인보다야 내가 낫지' 하는 단순 무식한 마음이었다. 애들을 키우면서 개를 키우는 사람들이 달리 보였다. '대단하다' 하는 찬사의 마음. 특히 대형견과 다수의 개를 키우는 분들에게는 박수를 보낸다.

애들을 키우면서 이해하게 된 것들이 많다. 개들에 대한 이해도도 높아졌지만, 보호자에 대한 마음의 거리도 조금은 가까워졌다. 질문이 많던 보호자도 이해가 되고, 비만견의 보호자가 간식을 줄일 수 없는 마음도 알게 되었다. 그동안은 질병만을 주목했다. 질병에 접근하고 진단하고 치료하는 과정이 재미있고 즐거웠다. 환자들의 고통에 주목하지 않은 것은 아니었지만, 감정적으로 바라보지 않는 것이 일하는 데 더 도움이 되리라 생각했다. 수의사로서 좋은 결과만 원했기에 환자, 보호자, 그들이 처한 환경에 대한 이해가 부족했다. 오히려 내가 더 환자를 걱정하고 있다는 착각을 하기도 했다. 약을 제때 못 먹였거나 예약한 날짜에 오지 않은 보호자에게 화가 나기도 했다. 진료 보는 게 점점 더 힘들어졌다.

애들을 키우면서 좀 느슨해졌다. 내 통제력의 끝을 보고 나서 마음을 놓았다. 욕심이라는 것도 알게 되었다. 개를 다시 보게 되고, 보호자를 다시 보게 되었다. 그랬더니 질병도 다시 보였다. 이제 그들의 얘기를 좀 더 잘 들을 수 있게 되었다. 고집스럽게 치료에 집착하는 수의사가 아니라 개와 보호자 그리고 질병을 같이 조망해보는 수의사가 되려고 노력한다. 거기서 각자에게 맞는 최선은 어떤 것인지 고민하려고 한다.

개들은 늘 그대로였는데, 나를 그들에게 비춰보고 왔다 갔다 했다. 어느 누구도 나를 이렇게 기다려주지 못하리라는 것을 안다. 나의 가족, 파이와 비비에게 진심으로 고맙다는 인사를 전한다. 우리에겐 아직도 많은 여정이 남았다. 이제 겨우 출발할 준비가 되었다.

개를 안다고 생각했는데

15년 차 수의사와 2년 차 보호자 사이에서

초판 1쇄 발행 2019년 11월 15일

발행 | 산디
글 | 홍수지
편집 | 다미안
디자인 | 소요 이경란
일러스트 | 박경원

출판신고 | 2017년 5월 15일 제2017-000125호
전화 | 02 336 9808
팩스 | 02 6455 7052

sandi@sandi.co.kr
instagram.com/sandi.books
twitter.com/sandi_books

ISBN | 979-11-90271-03-5 03810